Herbert Gächel
1993

Romulus und Wörthersee

Satz: Schaber, Wels. Printed in Austria by Welsermühl, Wels
ISBN 3-7017-0592-5

ALOIS BRANDSTETTER

Romulus und Wörthersee

EIN POETISCHES WÖRTERBUCH

Residenz Verlag

Altlast

Die Wortbildungslehre kennt »Augenblickskomposita« im Gegensatz zu alten und festen Zusammensetzungen. Die *Achtunddreißigstundenwoche* ist ein solches Augenblickskompositum, ein Wort auf Abruf, eine jener »Eintagsfliegen«, die Hans Eggers in »Deutsche Sprache im 20. Jahrhundert« beschreibt. Mit der Einführung der *Siebenunddreißigeinhalbstundenwoche* wird sie denn auch gestorben sein. Es gilt als ein Kennzeichen der Gegenwartssprache, daß sie viel Inhalt in solche Wörter zwängt, um sich eigene Sätze oder Nebensätze zu ersparen, wie man sie früher verwendete. Franz Roitinger, langjähriger Mitarbeiter am Bairisch-österreichischen Wörterbuch der Österreichischen Akademie der Wissenschaften, erzählte mir einmal, daß die Wörterbuchkanzlei anfangs ihre Mundartgewährsleute pro eingesandtem Beleg mit einem Groschen entlohnen wollte, worauf sie aber von einer Flut von Augenblickskomposita zugeschüttet wurde; darunter viele unkonventionelle Individualprägungen ... Man spricht nicht umsonst von einem produktiven Wortbildungstyp. *Krise* und *Konflikt* sind die wohl wichtigsten und »signifikantesten« Grundwörter, die durch vielerlei Bestimmungswörter determiniert werden: *Cuba-Krise* (auch *Cubakrise*), *Nahostkonflikt.* Man kann alle Länder der Erde mit *Krise* verbinden.

Die Augenblickskomposita haben die Tendenz, fest zu werden, um ins Wörterbuch zu kommen. Manche Krise ist mittlerweile auch zu einer Institution geworden, die Kriege dauern sieben, dreißig oder hundert Jahre, die Spannungen werden vererbt und *Altlasten,* um ein modernes Wort für *Traditionsgut* zu verwenden, von der jungen Generation wie das Holz beim Staffellauf übernommen. Und wie viele Ortschaften sind nicht zu Synonymen für jene unrühmlichen Taten geworden, die sich dort »zugetragen« haben, um es unpersönlich zu sagen. Wie die Nachrichten im Rundfunk hat auch das Wörterbuch eine Vorliebe für das Unlustbetonte. Die gute Nachricht ist selten. Hans Carl *Fortunat* Artmann hat in seinem Beitrag zum Almanach »Glück« des Residenz Verlages (1983) diese unglückliche Unglücksautomatik mit *Ein Busglück. Ein Zugsglück. Ein Flugzeugsglück.* durchbrochen. Wie sorgfältig Artmann auch die Kompositionsfuge gestaltet, müßte jeden Wortbildungslehrer wie Walter Henzen glücklich machen. Das moderne Wörterbuch ist an den zwingenden Assoziationen nicht unschuldig, insofern es etwa *Zugsunglück* unter *Zug* einreiht und nicht unter *Unglück,* wie es die alten Wörterbücher logisch einsichtiger noch tun, als wäre der Zusammenhang zwischen Zug und Unglück zwingend, wer Flugzeug sagt, muß auch Flugzeugunglück sagen.

Sind also die Augenblickskomposita allmählich

fest und zum aktiven Wortschatz vieler geworden, so werden sie schließlich auch reif fürs Wörterbuch, zuletzt zu einer Altlast, die die Wörterbücher jahrhundertelang mitschleppen müssen.

Brot

Das Wort *Brot* hat das ältere Wort *Laib* verdrängt, bis sich die beiden Wörter in der Zusammenstellung *Laib Brot* gewissermaßen wieder versöhnt haben ... Die englischen Wörter *Lord* und *Lady* bewahren noch eine etymologische Erinnerung an das ältere Wort *Laib, Lord* bedeutete den »Brotwächter«, »Brotwart«, *Lady* die »Brotkneterin«, Hausherr und Hausfrau definierten ihre häusliche und familiäre Rolle vom Brot her! Wer wie ich aus einer Bäckerei, nicht aber aus einer Brotfabrik, sondern aus einem Familienbetrieb kommt, den heimeln diese Altertümlichkeiten heute noch an. Brot durfte auf keinen Fall verkommen. Was an Brot, etwa aus ästhetischen Gründen, nicht an den Kunden zu bringen war, weil es sich oft nicht zum Laib runden wollte oder zu bleich oder zu finster geraten war, das brachte der Vater, der »Brotwart«, zu uns auf den Tisch, die Mutter aber machte mit dem Messer die drei Kreuzchen auf den Brotboden, schnitt an und verteilte an Dienstboten und Kinder. Das im Sommer etwa durch Schimmel für den Menschen ungenießbar gewordene Brot schließlich ließen sich die Schweine schmecken. Das war der natürliche Gang der Ausschußverwertung.

Daß das Brot für würdig und wert gefunden wurde, in einer Vaterunserbitte des Herrengebetes genannt zu werden, gab in meinen Augen dem Beruf des Vaters, seinem Zweitberuf neben der Müllerei, Würde und Wert. Vom Fleischhauer ist nicht die Rede oder vom Friseur, aber vom Brot des Bäkkers. Auch nicht von Zwieback und Kuchen. Mein Vater betrieb eine sogenannte »Schwarzbäckerei«. Das ist der alte, ehrwürdige, wenn auch heute schon etwas merkwürdige Ausdruck für jene Mühlen, denen Maria Theresia mit einem besonderen Patent und Privileg das Erzeugen von Schwarzbrot für das allgemeine Publikum erlaubt und gestattet hat. Damit hat die große Kaiserin als eine wahre *Lady,* als *Brotherrin* und Landesmutter den armen Bauernmüllern in ihrem Reich Arbeit und Brot gegeben, und die Dankbarkeit war ihr auch fast 200 Jahre nach ihrem Tod sicher. Wer sich mit dem Brot befaßt, sollte nicht in kurzen Saisonen und Konjunkturen denken.

Nun ist es freilich dahin gekommen, daß sich die eine Hälfte der Menschheit überißt und durch Übersättigung jeden Geschmack am Guten, Wahren und Schönen verliert, während die andere Hälfte hungert und verhungert. Dem *Verhungern* entspricht nicht nur sprachlich das komplementäre *Veressen,* das sich im deutschen Wort *fressen* verbirgt. »Veressen« ist ein pervertiertes »essen«, ein »resultatives« *Aufessen,* das den anderen leer ausgehen läßt. Wir sind satt nicht nur durch das Verdienst unserer Tüchtigkeit, dank der Erfindung von Germ und Backpulver, sondern auch auf Kosten und zu Lasten anderer. Wir sind die reichen Prasser, und vor unseren Türen und hinter unseren Tischen, die sich wegen der vielen Brotsorten nur so biegen, liegen und stehen die armen Lazarusse.

Buche

In einer Sendung über Bücher hat man im österreichischen Fernsehen den Autorennfahrer Nikolaus von Lauda zu Wort kommen lassen. In Ankündigungen dieses Auftritts konnte der Literaturfreund mit Erstaunen lesen, daß der Interviewte ein einziges Buch, von den Büchern über Motorsport und über sich abgesehen, zu Ende gelesen habe. Die Eignung eines so extrem »Indisponierten« und Inkompetenten für eine Literatursendung läßt sich schwer überbieten. Die Römer sagten in einem solchen Fall: Jemand eigne sich wie der »asinus ad lyram«, der Esel zum Harfen, heute sagt man: die Kuh zum Klavierspielen. Trotzdem hat die Berufung Laudas in die Büchersendung Methode. So hält man es hierzulande gern: Wenn Schauspieler malen, Opernsänger Fußball spielen,

Fußballspieler singen und so weiter, dann ist das immer eine publikumswirksame Sache. Das mögen die Leute.
Noch ein anderes Interview Laudas habe ich von der Zeitungslektüre her im Gedächtnis. Dort sagte er, Latein und Religion seien seine schlechtesten Fächer am Gymnasium gewesen. Man kann sich vorstellen, wie der kleine Lauda lustlos konjugieren lernte: laudo, laudas, laudat, laudamus, laudatis, laudant. Schon damals sei er mehr an schnellen Mopeds interessiert gewesen. Das altrömische Sprichwort *Festina lente,* »eile mit Weile«, hat er nicht verstanden. Wann aber, fragt sich der Beobachter der Szene, wird »Christ in der Zeit« endlich den Lauda senden. Fragen der Eschatologie, der »letzten Dinge«, hätte man gern einmal von einem beantwortet, von dem es heißt, daß er »schon im Fegefeuer saß«. Oft habe er den Tod herausgefordert, einmal habe er ihm sogar schon »ins Auge geblickt«. Man denkt auch zurück an »Das Öl des Niki Lauda« von Peter Handke und die Enttäuschung des großen Rennfahrers über den großen Dichter, dem er »seine Welt gezeigt« und der doch blutwenig davon verstanden habe, wie sich der Weltmeister hinterher beschwerte. Also vice versa. Auch ein anderer Großer, ein Großer der Musikbranche nomine Udo Jürgens alias Jürgen Bockelmann, äußert sich neuerdings öfters als Moraltheologe, wozu er vor dem Hintergrund seiner Lebensführung geradezu prädestiniert er-

scheint. Gerade Fragen der Aszetik hätte man gern von diesem Professor beantwortet. Der Bokkelmann als Gärtner ... Andererseits hätte natürlich jeder Besitzer eines Führerscheins der Gruppe B auch Anspruch, einmal im »Sport am Montag« über das Rennfahren gehört zu werden. Und all jene, die bloß »eine Stimme zum Rindfleischessen« haben, müssen auch einmal singen und beim Song-Contest auftreten dürfen. Letzthin hat sich freilich gezeigt, daß im Ausland noch nicht das richtige Verständnis für den Reiz der völligen Branchenfremdheit vorhanden ist. Das bleibt vorerst noch Vision, Eurovision sozusagen.

Was die Büchersendung betrifft, so scheint sich einfach die Etymologie von *Buch* zu rächen. *Buch* ist nicht nur verwandt, sondern verschwistert mit *Buche:* Das Wort enthält noch einen Hinweis auf die Zeit, als man beschriftete Bretter zu einem Bündel verschnürte. Es ist also das Stoffliche und Sinnfällige, das den Gegenstand ursprünglich definiert, nicht der geistige Inhalt. Auch das lateinische *liber* enthält den Bast, der zum Verschnüren der Blätter diente. *An den buchen* haben die Alten gelesen. Nimmt man es in dieser Weise historisch, dann darf man mit einiger Berechtigung auch die Buchattrappen in den Möbelhäusern als Bücher bezeichnen. Und mit den Büchern umgehen kann natürlich auch der Analphabet, er kann sie abstauben und er kann sie ordnen, nach der Größe, wenn schon nicht nach dem Inhalt.

Das deutsche Wort *Denkmal* ist eine Lehnübersetzung nach griechisch *mnemosynon,* »Gedächtnishilfe«. *Denkmal* ist damit etwa dem Wort *Mitleid* vergleichbar, das aus dem lateinischen *compassio* lehnübersetzt ist. Das lateinische *compassio* fußt seinerseits auf griechisch *sympatheia,* »Mitempfinden«. Wir haben im Deutschen mit *Mitleid* und *Sympathie* zwei Wörter zur Verfügung, die sich in ihrer Bedeutung freilich deutlich distanziert haben. Denn Sympathie erwecken Menschen, mit denen man immer nur Mitleid haben muß und die womöglich auch noch sehr viel Selbstmitleid haben, ja nicht gerade. Daraus resultieren im Gegenteil nicht selten Apathie oder auch Antipathie, also Gleichgültigkeit und Ablehnung.
Ein »Denkmal«, eine »Gedächtnishilfe« im literarischen Sinn war einmal der *Denkzettel.* Lutz Röhrig beschreibt in seinem vierbändigen »Lexikon der sprichwörtlichen Redensarten« die denkwürdige Bedeutungsgeschichte des Denkzettels, der im Niederländischen »Urkunde, Nachricht, Vorladung« bedeutet hat. Martin Luther verwendete das Wort für den jüdischen Gebetsriemen mit Gesetzessprüchen, der griechisch *phylakterion* heißt. In den Jesuitenschulen aber hängte man den Schülern Denk-, das heißt Schandzettel mit ihren Schulvergehen an. So kam der Denkzettel schließlich zu seiner heutigen »handfesten« Bedeutung:

Schläge, Züchtigung. »Einen Denkzettel verpassen«, heißt es heute und verheißt nichts Gutes und Literarisches. (Ein Denkmal konnte man jemandem bislang, sprachlich gesehen, nicht *verpassen.*) Der Denkzettel ist heute die Strafe, die man nicht vergißt. Sie muß aber nicht brachial sein. Es gibt seelische Dachteln, die weher tun als Backenstreiche, Maulschellen, Backpfeifen oder Ohrfeigen.

Das Denkmal unseres Kulturkreises schlechthin ist das Kreuz. In einem Passauer Volksmissionslied aus der Mitte des 19. Jahrhunderts, das in der Fastenzeit, also jener Zeit, die dem Gedächtnis und dem Andenken an die Passion, ›der compassio‹, gewidmet ist, gesungen wird, heißt es: »Kreuz du Denkmal seiner Leiden, präg uns seine Liebe ein.« Seine Liebe! Das ist die rechte Art der Erinnerung. Denn natürlich kann man auch aus dem Kreuz die falschen Schlüsse ziehen. André Gide schrieb im Hinblick auf Paul Claudel, es gebe »gewisse Christen, die das Kruzifix wie einen Totschläger gebrauchen«. Claudel hat meiner Meinung nach diesen Denkzettel Gides nicht verdient.

Zu wünschen wäre: Ein Kunstwerk als Denkmal für ein Menschheitsthema, von einem bedeutenden Künstler und moralisch hochstehenden Menschen mit dem notwendigen sittlichen Ernst geschaffen, zur rechten Zeit auf dem richtigen Platz errichtet. Aber alles auf einmal wird man nicht gut haben können. Ich gebe das als Klagenfurter den

Wienern zu bedenken. Ich spreche als Mitglied einer Universität, die vor kurzem vor dem Fenster unseres Germanistischen Instituts ein gut gemeintes Mahnmal gegen den Faschismus enthüllt hat. Ich wollte mich nicht ausschließen, weiß aber wirklich nicht, ob ich mit meinem finanziellen Opfer auch ein gutes Werk getan habe.

Echt

E heißt im Mittelhochdeutschen »Gesetz«. Ein derart kurzes, nicht nur einsilbiges, sondern auch einbuchstabiges Wort kennt die neuhochdeutsche Schriftsprache nicht mehr. Das erste Wort unter E im »Deutschen Wörterbuch« aus der Dudenredaktion ist *Eagle.* Erst nach weiteren englischen Wörtern und *Eau de Cologne* folgt *Ebbe* als erstes *echtes* deutsches Wort; nach einer Flut von Fremdwörtern also das Wort *Ebbe.* »Gesetz, Vertrag, Ehe« bedeutet das alte *E. E* gehört somit nicht nur ins Wörterbuch, sondern auch ins Buch der Rekorde.

Das Wort *echt,* eine Ableitung von *E,* stammt aus dem Mittelniederdeutschen und steht synonym neben *recht,* »wörtlich genommen« in der Nachbarschaft von *ehelich. Ehelich* bedeutet aber »rechtlich« nur in einem gewissen, eben auf das Eherecht eingeschränkten Sinn, und ein *echter* Mensch muß nicht verheiratet sein. Im heutigen

Bewußtsein besteht zwischen *echt* und *rechtlich* ein gewisser Gegensatz, *unecht* wird als »falsch, künstlich, nachgemacht« definiert, im Recht aber, dem kodifizierten, proklamierten und exekutierten Recht der Juristen, steckt eine Menge Künstlichkeit, um die Ausdrücke Unechtheit oder gar Falschheit zu vermeiden. Mir ist bei meinen Recherchen zum Roman »Die Mühle« im Österreichischen Wasserrecht ein besonders merkwürdiger Satz untergekommen: »Die natürliche Welle entzieht sich an und für sich der Gewalt des Eigentümers, sofern er nicht Vorkehrungen zu ihrer Ergreifung getroffen hat.« Ein unnatürlicher Satz über die Natur, transparent und klar wie eine Nudelsuppe. Vom Wasser haben die Juristen das Formulieren nicht gelernt, eher vom *Eau de Cologne.* Die Juristen mögen »im Recht« sein, echt aber ist nur das Naturrecht.

Echt hat wohl immer auch mit Einfachheit zu tun, es gehört zur Redewendung *recht und schlecht,* in der *schlecht* auch nicht »malum« bedeutet hat, sondern »schlicht«, mit dem es »wortwörtlich« auch verwandt ist. Es ist ein unschuldiges und argloses Wort, das sich seine Verwendung als politisches *Schlag*wort strikt verbietet. Und es ist ein Wort der Innerlichkeit, wie sich die Echtheit rein äußerlich auch dadurch nicht erreichen läßt, daß jemand einen Schladminger anzieht oder ins Dirndl schlüpft. Das Herz muß unbedingt mitspielen. Man sieht nicht wenige echte Wölfe in un-

echter Landestracht. *Echt* bedeutet im Volksmund auch so viel wie »typisch«. Dieser Wortgebrauch zeugt von einem falschen Verständnis, so wie es von niedriger Gesinnung kündet, wenn man in den Provinzen immer wieder hört: Der echte Wiener ist ein falscher Fünfziger.
Wörter sind oft schwer faßbar, auch nicht leicht haftbar zu machen.
Meint man aber, man hätte ein bestimmtes Wort ein für allemal dingfest gemacht, so ist es einem auch schon über einen Beigeschmack, eine Nebenbedeutung oder einen Hintersinn wie durch einen Seitenausgang entschlüpft. Das ist ein echtes Problem.

Erde

Bodenverdichtung heißt eines der großen Probleme der modernen Landwirtschaft. Die Felder werden von den schweren Traktoren so sehr zusammengepreßt, daß man immer schwerere Traktoren und stärkere Pflüge braucht, um sie wieder aufzureißen und zu lockern. Auch alle Kunstdünger, Unkraut- und Schädlingsbekämpfungsmittel sind »kontraindiziert«, sie helfen hier und schaden dort; sie machen die Erde zu einem Patienten, der an den Nebenwirkungen der Medikamentation stirbt. Justus von Liebig hat nicht nur vieles bewirkt, sondern auch manches verschuldet. Dies ist das Lied vom Segen der Erde, dem der Fluch folgt.

Erdkommunion heißt eines der Motive der Dichtung »Helmbrecht« von Wernher dem Gärtner aus dem 13. Jahrhundert: Der junge Helmbrecht hat sein Elternhaus verlassen, ist zu den »Raubrittern« und Bauernschindern gegangen und hat zuletzt, nachdem er auch noch seine Schwester Gotelind »entwurzelt« und ins Elend gebracht, seine Strafe gefunden. Von den Schergen geblendet und verstümmelt, greifen ihn die Bauern auf, die er ausgeraubt, deren Kinder er mißhandelt und deren Töchter er geschändet hat. Bevor sie ihn hängen, nehmen sie ihm eine Laienbeichte ab und spenden ihm die »Erdkommunion«: »Einer hob eine Krume vom Boden auf und reichte sie dem Unglückseligen als Hilfe vor dem Höllenfeuer.« Der alte Ausdruck für Erdkrume lautet *brosmen,* also *Brosamen.* Das Wort wurzelt in *brechen* und hängt mit *bröseln,* »krümeln«, zusammen. *Brosamen* hat seine Bedeutung später auf das Brot hin verengt, dem es auch äußerlich ähnlich sieht, ohne mit ihm näher verwandt zu sein. Die Bauern im »Helmbrecht« brechen die Erde wie die Priester das Brot, und sie spenden als Laien eine Notkommunion, so wie im Notfall auch jeder taufen darf.

Nicht nur die eine zitierte Stelle macht wahrscheinlich, daß Wernher »der Gärtner« durchaus ein wirklicher Gärtner, etwa im Stift Ranshofen bei Braunau, gewesen sein kann, wie es vermutet, bezweifelt und verworfen wurde. So jedenfalls schreibt ein Mann der Scholle oder doch des Beetes. Ein Gärtner ist ein besonderer Bauer, so wie der Dichter ein besonderer Schriftsteller ist. Und von der Gärtnerei ist nur ein kleiner Schritt zur Schriftstellerei. Ernst Robert Curtius hat über die Gleichung *arare,* »pflügen«, gleich *scribere,* »schreiben«, *tiefschürfend* geschrieben. Wer erinnert sich nicht an den »Ackermann aus Böhmen«: »Ich bins genant ein ackermann, von vogelwat ist mein pflug«, oder an diesen Schreiberspruch: »Das Papier ist mein Acker, darum schreib ich auch so wacker. Die Feder ist mein Pflug, her mit dem Krug! Die Tinte ist mein Samen, damit schreib ich meinen Namen. Oweh, das Ding ist schlecht geschrieben und meine Klugheit in der Feder geblieben ...«

So fragt es sich zum Schluß, um den Erde-Kreis zu schließen, nach den »Flurschäden« der Literatur. Erscheint nicht auch in der Kunst vieles überdüngt und manch Gutes »niedergespritzt«? Und nach der verheerenden Bodenverdichtung der Blut- und Bodendichtung, dieser Bodenvernichtung, verlieren heute die Asphaltdichter jeden Boden unter der Schreibmaschine. Den einen möchte man zurufen: Die Erde besteht nicht nur aus Erde, der Planet nämlich aus Humus. Und den anderen, den unendlich Erdfernen und »Unirdischen«, spenden wir die Erdkommunion, als Hilfe gegen Verkarstung, Versteppung und Verwüstung. Stellen wir uns mit dem großen Dichter und Großgrundbesitzer Lew Nikolajewitsch Tolstoj die elementare Frage: Wieviel Erde braucht der Mensch?

Ernst

Mein Lehrer Hans Eggers erzählte mir einmal von den schwierigen Umständen, unter denen er den Deutschen Wortschatz, den bekannten zweibändigen »Wegweiser zum treffenden Ausdruck« (»Wehrle-Eggers«) erarbeitete. Er war damals Assistent an der Universität Hamburg und lebte mit seiner Frau und seinen zwei Kindern in einer kleineren Wohnung, die oft bis in die Küche hinein mit Belegzetteln buchstäblich belegt war. Wie »verwirrend« beim Sortieren die »Mitarbeit« der Kinder sein konnte, wie aber etwa auch ein Windstoß, wenn sich ein Fenster oder eine Tür öffnete, die Papiere »verzettelte«, und so an die Stelle einer systematischen Ordnung eine aleatorische Unordnung trat, das alles hörte sich lustig an, »fröhliche Wissenschaft« sozusagen.
Eggers schreibt im Vorwort des »Wortschatzes«, daß im Deutschen einige Begriffsgegensätze ganz unsymmetrisch frequentiert sind (z.B. »Heiterkeit«: 38 Substantive, »Trübsinn«: 51 Substantive). Hört man nun heute im Radio oder im Fernsehen Interviews, dann gewinnt man den Eindruck,

das Begriffsfeld »Unernst« kenne überhaupt nur ein einziges Wort, nämlich *Spaß*. Es gibt kaum noch *Freude, Lust* oder *Vergnügen,* sondern nur noch den norddeutsch grundierten *Spaß*. Ein *Gspaß* ist das, oberdeutsch gesagt, aber keine *Gaudi*. Den Kulturschaffenden macht immer alles Spaß. In vielen Analysen ist denn korrekterweise vom »dominierenden Unernst« in der Gegenwartskunst die Rede. Man amüsiert sich zu Tode, und es herrscht ewiger Fasching. Vielleicht zeigt die Ausdrucksarmut auch einen Erlebnismangel an, die Vergnügungen sind katalogmäßig standardisiert. Witz 23 ... Trotz meines Mißvergnügens am Spaß beobachte ich eine gewisse Zurückhaltung gegenüber der Stilkritik. Bekanntlich sind auch einige Vertreter dieses Artikels unterwegs, die ihren persönlichen Geschmack für das sprachliche Gewissen der Nation halten. Spaßhalber aber geht das Abendland nicht unter.

Ernst ist das Leben, aber heiter ist die Kunst. *Heiter,* nicht *ulkig*. Manche Kunst kommt freilich nicht heiter, sondern angeheitert daher. Und was dem einen ernst vorkommt, erscheint einem anderen lachhaft. Mit großer Verblüffung las ich neulich, daß Ludwig van Beethoven viel »lächerlichen Ernst« und »widerwärtiges Pathos« produziert habe. Und ich hatte gemeint, wenigstens er sei unverdächtig und aus dem Streit. Seinen Ernst hielt ich immer für seriös ... Auch Mozarts Requiem kann ich persönlich nicht für eine »lustige Leich«

halten. Ich höre es gern, obwohl ich nicht gern an den Ernstfall denke. So aber werden neuerdings auch die großen Tragödien zu Schwänken. Und was der Klassiker auch geschrieben haben mag, die Regie macht sich einen Spaß daraus. Für sie ist E gleich U.

»Ernst auf ernst! Was macht der Ernst? Ein finsteres Gesicht. Wer lacht, der kriegt eine Watschen ins Gesicht«, spielten wir in Oberösterreich als Kinder ein Spiel, das man hier in Kärnten »Bockschaun« nennt. Heute bekommen aber zur Abwechslung die Ernsten die Ohrfeigen. Wie heißt es doch bei Friedrich Nietzsche, »Die fröhliche Wissenschaft«, 2. Buch, Kapitel 88: »So ist es möglich, daß einer gerade mit seinem Pathos von Ernsthaftigkeit verrät, wie oberflächlich und genügsam sein Geist bisher im Reiche der Erkenntnis gespielt hat. Und ist nicht alles, was wir *wichtig* nehmen, unser Verräter? Es zeigt, wo unsere Gewichte liegen und wofür wir keine Gewichte besitzen.«

Familienplanung

Mein Großvater väterlicherseits hieß Sebastian. Er wurde 1848 geboren und erbte den Hof seiner Eltern, das Asingbauergut in Tumeltsham bei Ried im Innkreis. Sebastian Brandstetter zeugte mit seiner Frau, um es biblisch, mit den Worten der Genealogie des Matthäus, zu sagen, 9 Kinder. Sebastian autem genuit Martinum. Mein Vater Martin also war der jüngste unter seinen 9 Geschwistern und wurde 1896 geboren. Martin Brandstetter zeugte 7 Kinder. Ich, der jüngste unter meinen Geschwistern, bin 1938 geboren. Mein Großvater war Bauer, mein Vater war Bauer und Müller, ich bin Akademiker und rede und schreibe gern über die Bauern und meine bäuerlichen Vorfahren. Ich habe zwei Söhne. Mein Jüngster ist 1983 geboren.

Nehme ich nun meine eigenen Familienverhältnisse paradigmatisch und für Oberösterreich typisch, dann kann ich im Hinblick auf die Bevölkerungsentwicklung des Landes ob der Enns und unter dem Inn nur pessimistisch sein. Ich fürchte, wir liegen im Trend. Jeder aber kann sich ausdenken, wie die Geschichte weiter- und ausgeht, wenn sich die Reihe von den 9 Kindern meines Großvaters über die 7 Kinder meines Vaters und meine beiden Kinder fortsetzt ... An den Fingern *k*einer Hand kann man sich das ausrechnen, es läßt sich leicht hochrechnen oder vielmehr »tiefrechnen«.

Im Duden steht, man solle in einem Text die Zahlen eins bis drei ausschreiben, ab der 4 aber die arabischen Zahlzeichen, also die Ziffern verwenden. Wir haben den Bereich des Numerischen somit bereits verlassen und befinden uns buchstäblich bei den Elementar- und Fundamentalzahlen. Wir sind bei den ethnischen »Primzahlen« gelandet und werden es bald mit den Radikalzahlen und dem Wurzelziehen zu tun bekommen. Die Demographen belehren uns, daß Oberösterreich das »Nullwachstum« unterschritten hat und einen Negativrekord hält. Die Mengenlehre kennt bekanntlich den Begriff der »leeren Menge«. Die Oberösterreicher sind eine Menge, die im Begriff ist, sich zu leeren, wird man von ihnen in naher oder ferner Zukunft einmal wie von den Goten oder den Kelten als einer »historischen Größe«, also einer »leeren Menge« der Vergangenheit sprechen? Die Bevölkerung schrumpft, sie schrumpft sich aber nicht gesund, sondern krank, das ist das Problematische. Und problematisch ist auch, daß den Betroffenen und »Betreffenden« das Problematische nicht problematisch erscheint. Und auch das ist für Nieder- und Untergangszeiten symptomatisch.

Als mein Großvater in Tumeltsham 1848 zur Welt kam, war Ried noch keine Stadt, sondern ein Markt, und er könnte die Stadterhebung 1857 als Neunjähriger durchaus miterlebt haben. Echt stelzhamerisch kann ich mir das ausmalen, der Vater hat den Wastl im Anschluß an die Feierlichkeit zum Brunhuber-Wirt mitgenommen, wo es hoch herging. Mein Urgroßvater trank eine Maß Riedkerdinger Bier, und der Bub bekam ein Kracherl und Würstl. Vielleicht war der Franz Stelzhamer aus Piesenham auch anhalben, persönlich nämlich und nicht als Denkmal wie heute, seit 1911, auf dem Platz vor dem Wirtshaus. Vielleicht hat der damals 57jährige Stelzhamer sogar etwas vorgetragen, und mein Großvater hat sich gedacht, das ist aber merkwürdig, was der alte Mann dort von seiner Muader dahererzählt.

Worüber aber werden die Bauern, die nach gutem Innviertlerbrauch alle im Wirtshaus den Hut aufbehielten, 1857 gesprochen haben? Ganz sicher haben sie über die Bauernbefreiung geredet, die 1848 stattgefunden hat und also genau so alt war wie der Asingbauer Wastl. Nicht alle aber werden den Hans Kudlich, den Bauernbefreier, gelobt haben, der als jüngstes Mitglied der Reichsversammlung am 26. Juli 1848 den Antrag ein- und durchgebracht hatte: »Die hohe Reichsversammlung möge erklären: Von nun an ist das Untertänigkeitsverhältnis samt allen daraus entspringenden Rechten und Pflichten aufgehoben.« Denn viele Bauern waren gerade durch die Befreiung in wirtschaftliche Schwierigkeiten geraten, da sie sich bekanntlich mit der Aufbringung eines Drittels des Schätzwertes ihrer Anwesen »freikaufen« mußten. Nichts ist umsonst. Und sicher haben die Bauern beim Brunhuber damals schon das Sprichwort geseufzt: Umsonst ist nur der Tod. Und der kostet das Leben, sagt ein anderer drauf.

Im 1. Band seines monumentalen Werkes »Oberösterreichischer Bauern- und Kleinhäuslerbund« aus dem Oberösterreichischen Landesverlag in Ried im Innkreis schreibt der unvergessene Felix

Kern auf Seite 169: »Alle Mitglieder der Bauernfamilie waren nach der Bauernbefreiung freie Leute und niemand wurde mehr in Unfreiheit geboren. Das Kainsmal der Unfreiheit war ausgelöscht und somit war die Ursache zahlreicher Sorgen in der Bauernfamilie beseitigt. Nun aber stellten sich andere Sorgen ein. Das alte patriarchalische Familienleben auf dem Lande hörte auf. Die Achtung vor der Autorität, auf die sich bisher die Bauernfamilie stützte, schwand allmählich dahin und ein ebenbürtiger Ersatz dafür blieb aus. An die Stelle des alten Kinderreichtums trat die Kinderarmut, die sich 100 Jahre nach der Bauernbefreiung zu einer Katastrophe auszuwirken beginnt. Der alte, biedere bäuerliche Familiengeist war der Geist des Zusammenhaltens, der Einfachheit, der Genügsamkeit, des Gehorsams und der Unterordnung. Auch der Geist der religiösen Denkart entschwand, und dafür kam in viele Bauernfamilien ein neuer Geist, der aber keinen Fortschritt bedeutet, sondern ein Rückschritt ist.« Das trifft den Sachverhalt genau im Kern.

Mein Urgroßvater Stephan Brandstetter, der 1814 geboren ist und 1838 geheiratet hatte, hat sich bei seiner »Familienplanung« sicher nicht von der Politik oder der Ökonomie bestimmen oder von der fehlenden Kinderbeihilfe beirren lassen, sondern ist einzig und allein der Natur, dem Herkommen und der Religion gefolgt. Und genauso haben es auch meine Eltern gehalten, die alles — und vor allem die Kinder — »akzeptiert« haben, wie sie gekommen sind. Und darum verdankt sich mein Großvater nicht der Bauernbefreiung des Hans Kudlich, mein Vater nicht dem fünfzigjährigen Regierungsjubiläum Kaiser Franz Josephs und ich mich nicht dem Führer, der am 12. März 1938, um 16 Uhr, in Braunau und um 17.30 Uhr in Ried einfiel. Mein Vater hatte zeitlebens eine Aversion gegen Braunau, und man konnte ihn nicht mehr ärgern, als wenn man eine Einwohnerstatistik zitierte, nach der Braunau Ried bereits überflügelt hatte. Die zählen doch Ranshofen dazu!, sagte er mit Verachtung. Im übrigen war er Monarchist geblieben und lobte auch im tausendjährigen Reich die Frömmigkeit Kaiser Karls und der Habsburger. Gern erzählte der Vater uns Kindern auch die Geschichte des Grafen Rudolf von Habsburg, der auf einem Jagdausflug vor einem Wildwasser einem Priester, der sich auf dem Versehgang befand, das Pferd abtrat, oder die Geschichte von der Kaiserkrönung in Aachen, wo Rudolf von Habsburg anstelle des fehlenden Reichszepters das Kreuz auf dem Altar als Symbol des Friedens und des Rechts ergriff.

Es muß an der »Ausdauer« der Generationen liegen — mein Ururgroßvater Josef ist 1731, also vor der Regierungszeit Maria Theresias!, geboren —, daß das Traditionsbewußtsein und die Kaisertreue in meinem Vaterhaus so ausgeprägt waren. Und auch das Vergangenheitslob und die

Gegenwartsschelte! 1779 kam das Innviertel im Frieden von Teschen zu Österreich, und es gehörte zwischendurch, 1809—1814, noch einmal zu Bayern. Sowohl mein Urgroßvater als auch mein Ururgroßvater waren genaugenommen Bayern und Beuteösterreicher. Diese Art der Bevölkerungsvermehrung muß man für das heutige Oberösterreich leider auch ausschließen. So führt heute wohl kein Weg an der Familie und einer kinderfreundlicheren Gesinnung vorbei. Und es muß mit dem Leben ein Frieden geschlossen, der Tötung ungeborener Kinder aber der Krieg angesagt werden.
Am 16. Dezember 1938 bekam meine Mutter laut eingraviertem Datum vom neuen Bürgermeister von Pichl bei Wels im Wochenbett das Mutterkreuz in Silber. Sie hat es sich einhändigen lassen, es aber nie getragen, weil es zu ihr und ihrer Tracht, wie sie sagte, nicht recht gepaßt hätte.

Fasten

Fasten bedeutet »Hungern mit religiösem Motiv«. Wer bloß hungert, fastet noch nicht. Verwandt mit *fest,* hat *fasten* einmal »am kirchlichen Speisegebot (Speiseverbot) festhalten« gemeint. Der Mensch war aber immer schon erfinderisch im Umgehen der Gebote, die man dem Buchstaben nach erfüllen, dem Geist nach aber ins Gegenteil verkehren kann. Der *Heringsschmaus* am Aschermittwoch ist die verbale »Inkarnation« dieser Perversion, er ist die Fortsetzung des Faschings mit anderen Genußmitteln. Der Kopf beginnt am Fisch zu stinken.

Gula nannten die Römer einerseits Schlund und Kehle, andererseits metonymisch die Schlemmerei und die Genußsucht. Aus *Völlerei* erscheint sie dann im Christentum als eine der Sieben Todsünden. Auf Bildern aus dem Mittelalter nimmt sie gewissermaßen naturnotwendig breiten Raum ein — so wie ein dicker Mensch eben schon von seiner Statur her »unübersehbar« seinen Platz behauptet. Ganz besonders abstoßend hat Otto Dix, der bedeutendste Maler der Neuen Sachlichkeit, die Völlerei auf seinem 1933 gemalten allegorischen Werk »Die Sieben Todsünden« dargestellt. Übertroffen wird die *gula* höchstens noch von der *superbia* (Hochmut, Stolz). Auch die Schwester des Stolzes, die Dummheit, steht der superbia ins Gesicht geschrieben. Dix hat einem überdimensionierten, buchstäblich »hochnäsigen«, ungeistigen Kopf statt des Mundes eine andere — die konträre — Leibesöffnung in den Prospekt gezeichnet. Den Ausdruck *Rostauge* fand ich neulich in einem neueren Werk der sogenannten »schönen« Literatur für jene zahnlose Pforte. Dix zitiert mit seiner Verwechslung von *Os* und *Anus* (A statt O) ähnliche ältere Darstellungen. Wer erinnert sich etwa nicht an den Teufel auf dem Kirchenväteraltar — auf der Tafel mit der Legende des hl. Wolfgang in

Neustift — von Michael Pacher, jenen Teufel, der dem Bischof wie ein Zeremoniär das Buch hinhalten muß. Er ist regelrecht zweigesichtig und hat genau das, was man leider völlig zutreffend ein »Arschgesicht« zu nennen nicht umhin kann. Man *kann* es nicht anders bezeichnen. *Januskopfig* würde den ästhetischen, den höllisch unästhetischen Sachverhalt wirklich nicht treffen.

Neuerdings ist man gegenüber nicht salonfähigen Ausdrücken sehr nachsichtig und gleichgültig geworden. Ja man wird völlig unnötigerweise praktisch täglich von Presse und Rundfunk mit Kraftausdrücken des Fäkalwortschatzes angeödet. Übersättigt mit Parolen der Gosse, bekommt man die schonungslose Offenheit gründlich satt. Es ist zum K..., ver... euch, ihr Amateurbukowskis!

Es müßte sich eigentlich schon herumgesprochen haben, daß mit all dem Unappetitlichen heute kein Nachttopf mehr zu gewinnen ist. Das Vokabular vieler sogenannter Kulturschaffender leidet aber immer noch an permanenter Diarrhöe. Und man weiß wirklich nicht, wozu all das Ungute gut sein soll. Wie reinigend (purgierend) eine beherrschte Häßlichkeit als notwendige Antwort auf hohle und phrasenhafte »Anständigkeit« *mitunter* sein kann, das ließe sich wieder sehr gut am Werk des großen Otto Dix ersehen, auch an seinen »deutschen«, das heißt deutlichen Briefen ablesen. Als ihn Kollegen nach 1919 aufforderten, der Kommunistischen Partei beizutreten, ließ er ihnen mitteilen: »Lassen Sie mich mit Ihrer dämlichen Politik in Ruhe, ich gehe lieber in den Puff.« Und wenn er im Zweiten Weltkrieg schrieb: »Ich wünsche von Herzen, daß der Kotz zu Ende ist ...«, kann ihm dies auch jeder, der den Krieg erlebt hat, lebhaft nachfühlen. Es war die Stunde und die hohe Zeit der Neuen Sachlichkeit. Heute aber wirkt die sinnlos gesteigerte Ekelhaftigkeit wie alte Unsachlichkeit. Man würde dem entsprechenden Wortfeld gern einmal Brache wünschen, man sollte die Notdurft endlich einmal ein wenig in der Kloake ruhen lassen. Es wäre höchste Zeit für Schweigsamkeit und Heilfasten.

Feuer

Heraklit erklärte das Feuer zum Prinzip. Im Weltenbrand, der Ekpyrosis, vergeht die Welt, um im Urfeuer alsbald wieder zu erstehen. Nach dem prometheischen Feuerbewußtsein ist nun aber auch das biblische am Verlöschen. Wasser marsch!, haben die Theologen als Parole ausgegeben und nun wohl schon: Feuer aus! gemeldet. Die Prediger verfügen nur noch über einen, den freundlichen Ton und sind dadurch auch ein wenig eintönig geworden. Es ist alles eitel Wonne und Sonnenschein, und wir kommen alle in den Himmel. Auf den Bildern, wie etwa jenem über dem linken Seitenaltar von Pichl bei Wels, brennen die Feuer des Purgatoriums aber noch munter. Knietief stehen die armen Seelen in den Flammen Bartolomeo Altomontes. Wir, die wir den großen »Landesbrandschaden« des Krieges als Kinder, das heißt tief miterlebt haben, haben freilich noch ein Sensorium für Brandwunden und Hölle.

Wohltätig ist des Feuers Macht, aber jahrhundertelang ist es auch der Inbegriff von Katastrophe. Noch heute heißt es *Feuerwehr,* obwohl das Löschen nicht mehr deren Hauptaufgabe ist. Und die Feuer selbst haben sich seit dem Brand der Bibliothek in Alexandria bis herauf nach Tschernobyl verändert. Wie die Kirchen- sprechen auch die Versicherungsvertreter nicht mehr viel vom Feuer. Das Wort *Feuerteufel* ist zu meinem Erstaunen aber immer noch ein Leitwort auf den Lokalseiten nicht nur der Lokalzeitungen. Viele sind jahrein jahraus landauf landab unterwegs. Heuer hat einer aus dem Welser Raum auch in meiner Nachbarschaft gezündelt.

Da der Unbekannte sicher nur die Lokalseite seines Kleinformats liest, wo immer wieder steht, daß die Gendarmerie im dunkeln herumtappt, wenn es lichterloh gebrannt hat, hätte es sicher auch wenig Sinn, ihn hier zu bitten, er möge von meinem Haus Abstand nehmen. Brandstiftung ist gerade am Land eine beliebte Möglichkeit, das an sich langweilige Leben aufregender und erlebnisreicher zu gestalten. Und manchmal schließt sich der Feuer-Kreis von Entflammen und Löschen,

wenn sich einer durch Übereifer bei der Brandbekämpfung verdächtig macht. So hat sich manchmal ein Freiwilliger unfreiwillig verraten. Brandstifter und Brunnenvergifter sind aber auch sonst, etwa in der Politik, unterwegs …
Mir liegt das Feuer sozusagen schon im Namen. Nomen est omen. Nicht nur mein Familienname ist flagrant, auch der Vulgoname meines Vaters war es: *Asingbauer* wie *Osanger,* von *absengen.* Als mein Vater nach dem Krieg schwer erkrankte und sich in seinem ungeheizten und unheizbaren Schlafzimmer im strengen Winter 1947/48 nicht mehr erwärmen konnte, kaufte ihm die Mutter für das Bett eine Heizdecke. Diese elektrischen Wärmedecken, von der Industrie als himmlisch angepriesen, waren in Wahrheit höllisch gefährlich. Es handelte sich offensichtlich um in Watte und Tuch eingelegte glühende Drähte, eine Art Feuerzeug und Flammenwerfer. Und so kam es, wie es physikalisch kommen mußte. Während der Vater kurz bei uns in der Stube saß, fing das Bett Feuer. Es blieb, Gott und meinem ältesten Bruder sei Dank, beim Zimmerbrand. Nicht nur eingeprägt, nein, eingebrannt haben sich damals meiner neunjährigen armen Seele jene Schreckensszenen. Man darf auch ein wenig Selbstmitleid haben, die Mitmenschen haben es ja doch nie mit einem.
Mit dem Alter vermindert sich die Angst, am Schluß hat man allenfalls noch Furcht, wenn nicht überhaupt bloß noch Bange. Vor einiger Zeit teilte

ich einem Bekannten meine Sorge mit, es könnte einmal einer mein einschichtiges und oft leerstehendes Haus für einen Anschlag ausersehen. Der Bekannte beruhigte mich und sagte, noch nie, seit die Welt steht, habe es bei jemandem eingeschlagen, der ein Buch »Überwindung der Blitzangst« geschrieben habe. Kann ich mich darauf verlassen?, fragte ich. Bei Heraklit, sagte er.

Fisch

Wir Kinder vom Land konnten noch kaum gehen, da wateten wir auch schon im Bach, von den älteren Geschwistern geführt und in die tausend Geheimnisse des fließenden und des stehenden Wassers *eingeweiht*. Ich war vielleicht fünf Jahre alt, als mir der ältere Bruder einen von ihm gefangenen Fisch in die Hand legte. Wie aber erschrak ich, als sich das glitschige Tier mit einem kurzen ruckartigen Reflex meiner kleinen Hand entwand und entglitt. Das Wasser hatte ihn wieder, er war wieder in seinem Element, der Fisch war glücklich, der Bruder aber war unzufrieden. Der Fisch war mir ausgekommen, ich aber entging den Vorwürfen des Bruders nicht.

Was aber wissen wir von den Fischen, sie sind uns so unbekannt, wie es uns unmöglich ist, unter Wasser zu leben. Einmal ging ich neben dem Küchenchef eines Fischlokals über den Fischmarkt in

Grado. Dieser Mensch wußte nun sicher eine Menge über Wassertiere. Doch drehten sich die Gespräche nur um die Fischarten und Preise, Alter, Größe und Güte im Hinblick auf die Zubereitung und den Verzehr, den Handel und das Geschäft mit den Fischen. Der Fisch für den Menschen. Das Geheimnis des Fischigen des Fischs im Fisch an und für sich ist damit nicht eingefangen, ausgelotet und erschöpft... Wenig weiß der *kaltblütige* Fischer von der Forelle, weniger als der *warmherzige* Tierfreund.

Die meisten Apostel waren Spätberufene und in ihrem Zivilberuf Fischer, lesen wir. Christus machte sie zu Menschenfischern. Immer ist mir dieser Ausdruck ein wenig prekär erschienen, denn es soll doch niemand gegen seinen Willen eingefangen und überlistet werden. Und das Bild ist heute doppelt problematisch, wo vor allem elektrisch gefischt wird, so wie in den Kirchen die Predigten elektrisch verstärkt werden. Das Gleichnis hat also Ränder und Grenzen der Gültigkeit. Aber ist der Fisch nicht ein Bild für Christus selbst, *Ichthys* entsprechend dem Akrostichon von *Iesous Christos Theou Yios Soter* und ein Symbol für Duldsamkeit und Schweigen. Es *wimmelt* gewissermaßen von Fischen in der christlichen Ikonographie, so wie es auf den Mosaikböden der Basilika von Aquileia von Fischen wimmelt. Fischreich wie das Meer und der Hafen ist auch der Boden dieser ehrwürdigen Kathedrale an jenem Ort, der das Wasser (aqua) schon im Namen führt. Dort speit das Meerungeheuer den Jonas aus. Spätestens als man diese Stelle zu Beginn dieses Jahrhunderts freilegte, wußte man, daß man es nicht mit einem kaiserlichen römischen Palast zu tun hatte. Und bald wurde auch ein Prediger in einem Boot sichtbar, ein Menschenfischer in einer Fischerkanzel, einer, der wie Antonius von Padua den Vögeln und den Fischen predigt, damit die Menschen daraus etwas entnehmen und die Predigt wohl den Fischen gilt, aber nicht »für die Fisch« ist, wie man in Kärnten sagt.

Fremd

Im »Sprachreport, Informationen und Meinungen zur deutschen Sprache« (herausgegeben vom Institut für deutsche Sprache in Mannheim) erschien ein Beitrag von G. Stickel: »Werft das Fremdwort zum alten Eisen!« Auch sonst fehlt es nicht an wissenschaftlichen Einwänden gegen den Ausdruck *Fremdwort,* vor allem auch gegen die Abneigung von Vulgärphilologen und »Deutschtümlern« gegen die Fremdwörter, die gern in den größeren Rahmen einer ideologischen »Xenophobie« gestellt wird. Es ist oft wirklich nur ein kurzer Schritt vom »Sprachreinigen« zur Ausländer-raus-Propaganda. Was aber nicht heißen soll, daß alle Bemühungen um eine kontrollierte Immigration als Rassismus verteufelt werden müssen. Was nun das Fremdwort betrifft, schreibt G. Augst (Sprachreport 2, 1988) als Antwort an jene, die den Terminus abschaffen wollen: »Aber man kann, um es platt zu formulieren, das Fremdwort nicht mit dem Purismus ausschütten. Das Fremdwort darf für die Sprachwissenschaft kein Fremdwort werden!«

Nachdenken aber darf man darüber, daß fast die Hälfte der Fremdwörter hausgemacht ist! Augst sagt, diese richtige Einsicht habe dazu geführt, daß man heute nur noch von »sogenannten Fremdwörtern« spricht: »Das Wort *sogenannt* signalisiert im Deutschen, daß es etwas gibt, was es eigentlich nicht geben darf.« Mit P. von Polenz unterscheidet man heute zwischen *Fremdwort* und *fremdem Wort*, vom *Fachausdruck* ganz abgesehen. Ein Fremdwort ist ein exterritoriales Wort dem Wortzeichen nach, ein fremdes Wort aber ist ein unverstandenes Wort. In diesem Sinne muß ein *verbum externum*, also ein Fremdwort, durchaus nicht fremd sein. Das deutsche Wörterbuch ist voll von deutschen Wörtern, die die meisten Deutschen nicht verstehen. Es gibt keinen, auch keinen Philologen oder Lexikologen, der das Deutsche vollkommen beherrschte, um das Wort *perfekt* zu vermeiden.

Wir sprechen alle unsere Muttersprache defekt. Natürlich gibt es auch fremde Fremdwörter, unverstandene Immigranten. Unter »deutsch,

deutscher ...« stehen im zitierten Sprachreport »Verdeutschungsvorschläge aus deutschen Wörterbüchern 1813—1963«: *Lebenslehre* für *Biologie* (Campe), *lebendskundig* für *biologisch* (Petri), *Balltafelspiel* für *Billard* (Petri), *wirrköpfig* für *bizarr* (Duden, Etymologie). Da fragt es sich wirklich, »wer hier die Fremden sind«, um H. Zenkers Buchtitel zu zitieren. Die Xenophilie macht sich übrigens ein Wörterbuch oder eigentlicher eine Wortkonkordanz aus dem Jahr 1986 zunutze und zum Umkehrprinzip: »Da gibt es doch ein Fremdwort dafür ...« Den Ängstlichen darf man schließlich damit trösten, daß Fremdwörter sterblich sind und auch wieder emigrieren können. Fremd sind sie eingezogen, fremd ziehn sie wieder aus, die »verba barbara«, wie die »externen« Wörter im Lateinischen auch heißen.
Ein besonders merkwürdiges Phänomen ist in diesem Zusammenhang der *Xenolekt,* auf den mein Freund Wolfgang Klein im Rahmen seiner Arbeiten über Gastarbeiterdeutsch aufmerksam wurde und machte. Der Xenolekt ist jenes Idiom, in dem die Einheimischen, etwa die Arbeitskollegen auf Baustellen, mit den Gastarbeitern sprechen. Hinter dem Xenolekt steht eine kuriose Vorstellung des Sprechers von der Sprache seines Gegenübers. Man orientiert sich am defekten Deutsch der Ausländer, das man aber, um ihnen entgegenzukommen, wie man meint, an Primitivität überbietet: »Tschuiseppi nehmen Schaufel und graben Gru-

be«, oder: »Ausländer Österreicher Arbeitsplätze stibitzen.«
Der »Xenolektiker« leistet natürlich keinen konstruktiven Beitrag zum Fremdspracheunterricht des Fremdarbeiters. Es gibt inzwischen ja nicht nur einen gelungenen Witz, dessen Pointe darin liegt, daß ein gebildeter Ausländer auf die stotternde Rudimentärsprache eines Xenolektikers in korrektem Deutsch fließend erwidert.

Frust

Mein Duden-Fremdwörterbuch von 1960 kennt das Wort *Frustration* noch nicht! Auch das Zeitwort *frustrieren* bildet kein eigenes Lemma, es kommt bloß als Ableitung unter *frustratorisch* vor, mit der Bedeutungsangabe: veraltet für »vereiteln, täuschen«. Damals also gehörte *Frustration* nicht zu den zirka 40 000 Wörtern, die das Fremdwörterbuch verbuchte. Das Bedeutungswörterbuch nun, Band 10 des »Großen Duden«, 1970, also 10 Jahre später erschienen, enthält nur rund 25 000 Stichwörter und mehrheitlich nur deutsche Erbwörter. Das Fremdwort Frustration aber läßt es sich nicht entgehen. »Erlebnis der Enttäuschung wegen mangelnder Befriedigung« bedeutet es und wird mit folgendem Beispiel versehen: »Die Arbeit am Fließband führt häufig zu Frustrationen.«

Der Wörterbuchbefund entspricht genau meinen Erfahrungen als Zeitzeuge. In jenem Jahrzehnt, den sechziger Jahren, lernten wir dieses bis dahin unbekannte, oder nur den Lateinern vertraute und etymologisch als Abkömmling von *frustra,* »vergeblich«, durchschaute, eben »veraltete« oder »gehobene«, wissenschaftssprachliche und psychiatrische Fremdwort für die »Versagung« Sigmund Freuds gründlich kennen, es hob sich aus dem passiven in den aktiven Wortschatz, »bürgerte« sich ein und wurde umgangssprachlich, ja wurde, wie die studentensprachliche Form *Frust* in Anlehnung an *Frost,* in Anspielung und Opposition zu *Lust* zeigt, ein Jargonwort. Es landete gewissermaßen in der Gosse. *Frust* ist die scherzhafte Bezeichnung eines unlustigen Zustandes, die verkleinernde und verharmlosende Entschärfung von etwas im Kern Bitterem. In diesem Sinne wird etwa das Schüttelleiden »Zipperlein« genannt. Darauf basiert auch die Verballhornung der Syphilis als »Duphilis«, als Pointe jenes Witzes: Er hat die Krankheit schon so lange, daß er mit ihr schon per du ist.

Im Wort Frustration haben wir den Ausdruck des Ekels, des Überdrusses und des Katers nach den fünfziger Jahren, dem Wirtschaftswunder und der Freßwelle vor uns, einer Enttäuschung nach vorangegangener Selbsttäuschung. Nach dem Backhendl kam die Touristikwelle, nach der Touristikwelle die Sexwelle und am Schluß originellerweise die Verbindung von beiden. Nichts geht mehr. Und so hat wie im Liebes- auch im Geistesleben der Pessimismus Hochkonjunktur und Saison. Mit der Seuche AIDS ist zugleich auch die »eschatologische Schadenfreude« ausgebrochen. Als ernste Mahnung soll sich der Gerechte die erstaunliche Einschätzung der Lage durch die französischen Bischöfe zu Herzen nehmen: »Der Mensch *sucht* Liebe und *findet* den Tod.« Wie die Langeweile hat auch der Frust eine metaphysische Tiefe. Inquietum cor nostrum.

Geisterfahrer

So viele Wörterbücher stehen in meiner Bibliothek, und in keinem einzigen steht der *Geisterfahrer!* Der (fehlende) *Geisterfahrer* führt mir drastisch vor Augen, daß mein gesamter Wörterbuchpark erneuerungsbedürftig ist. Auf meinen Regalen drängen sich alte Modelle, ja ausgesprochene Oldtimer (Erstausgaben). Manch altes Wörterbuch aber versteht die moderne Welt nicht mehr. Wortlos und sprachlos stehen viele Wörterbücher dem Zeitgeist gegenüber. Keines kann sich und mir das Phänomen der Geisterfahrer erklären. Dabei wimmelt es in den Zeitungen von Geisterfahrern. Gleich öfter fuhr in der letzten Woche ein solcher Nonkonformist auf der falschen Spur von Velden nach Klagenfurt, lese ich. Trunkenheit, Irr-

tum und Übermut sind die Gründe dafür, daß immer mehr Menschen gegen den Strom schwimmen wollen. Manche Experten sind der Meinung, daß die Tollkühnen, die also bewußt und vorsätzlich gegen die Einbahn rasen, die Betrunkenen und die Verwirrten längst überholt haben. Nicht wenige Geister- und Amokfahrer sind auch beides zugleich: Betrunken und übermütig. Jedenfalls muß man auf der Autobahn immer auch mit Gegenverkehr rechnen, vor allem nachts, denn gerade ein nicht mehr geringer Teil des sogenannten Diskothekenverkehrs spielt sich heute »contra« und nicht mehr »cum« ab.
Mich überrascht dieses *deviative,* also »abwegige« Verhalten der Verkehrsteilnehmer im Gegensatz zu meinen stummen Wörterbüchern eigentlich nicht. Warum soll sich die allgemeine Abneigung gegen das »Angepaßte« nicht auch auf der Straße äußern. Der moderne Mensch will alles »hinterfragen«, ihm bedeuten Konventionen nichts mehr. Er ist mündig und kritikfähig geworden. Und er ist in der Masse ja nun wirklich oft genug in die Irre gegangen, hat sich verrannt. Nicht nur einmal war die Situation wegen des Herdentriebs verfahren. (Vom Zug der Lemminge hört man oft reden.) Und so werden die Geisterfahrer auch in der Politik, in der Wirtschaft, in der Kirche (Geister*pfarrer*) und in allen Lebensbereichen immer mehr. Arm an Abenteuern ist das Leben, und darum muß der Mensch erfinderisch werden, um das

Grau aus seinem Alltag herauszuzwingen und Farbe hineinzubekommen. Deshalb setzt sich der Klagenfurter, bevor ihm langweilig werden könnte, in sein Auto und fährt abends grade eben noch einmal nach Villach, etwa zu einer Faschingsveranstaltung in der sogenannten »Narrenhochburg«, auf der linken Fahrbahn hinauf und auf der linken (von ihm aus gesehen) auch wieder herunter, »dem Anlaß entsprechend«. Dann kann er mit dem Bewußtsein ins Bett gehen, (sich) etwas geleistet zu haben!

Oder nehmen wir den Bereich der Kultur. Werden nicht auch im Regietheater heute die Klassiker absichtlich gegen den Strich gebürstet? Und so wie im ursprünglich aristokratischen Burgtheater mit der bürgerlichen Kultur proletarisch umgegangen wird, so ist auch in den Schulen heute eine neue Generation von Deutschlehrern am Werk, die es etwa mit der Rechtschreibung nicht mehr so genau nimmt und den Schülern eine Linkischheit auf dem Rechtschreibsektor nicht mehr krumm nimmt. Sie haben die Orthographie als ein Disziplinierungsinstrument der herrschenden bürgerlichen Klasse erkannt und deshalb angefangen, durch Verweigerung der »korrektiven« Funktion des Lehrers *gegenzusteuern.* Nicht die Aufsätze der Schüler gehören verbessert, sondern das repressive System, sagen sie. Und auch im zwischenmenschlichen Verkehr und im Umgang der Geschlechter soll nun das Geisterfahren, mit dem

»Sexkoffer« im Kofferraum, zur Methode gemacht werden. Auch auf diesem Gebiet sollen Einbahnen umgedreht und die alte Verkehrsordnung aufgehoben werden. Natürlich wird es noch lange konservative Prüde geben, die immer noch sturheil geradeaus und rechts fahren wollen. Manchem paßt die ganze Richtung nicht. Geisterfahrer gegen den Zeitgeist. Aus den sechziger Jahren habe ich den Spontispruch in Erinnerung: »Alles ist schlechter geworden, nur eins ist besser geworden: Die Moral ist schlechter geworden.« Ein anderer Leitsatz der 68er Generation lautete: »Der Weg zur Quelle führt immer gegen den Strom.« Daran mußte ich neulich denken, als ich am Münchner Stachus einen jugendlichen Geisterläufer die hinaufführenden Rolltreppen hinunter und die hinunterführenden hinauf laufen sah, vice versa.

Herbst

Der Herbst macht den Etymologen zu schaffen. Eine indogermanische Wurzel *ker*, »schneiden«, soll er enthalten und im übrigen ein Superlativ sein, was die Endung *st* anzeigt. »Die zum Schneiden günstigste Zeit« wird *Herbst* wohl bedeuten. Herbst ist damit ein Synonym von Ernte. Das legen etwa auch seine englischen Verwandten nahe. Dort bedeutet *harvest* »Ernte« und »ernten«, *har-*

vester aber die moderne Erntemaschine schlechthin, nämlich »Mähdrescher«. *Herbst* muß freilich einmal eher den Spätsommer oder überhaupt den Sommer bedeutet haben, die Zeit des Schnitts mit Sichel und Sense. Der *Herbest* oder *Herest,* wie man lemmatisieren muß, will man der alten bairisch-österreichischen Aussprache gerecht werden, folgte auf die *Ahmde (Öhmde),* wie die Erntezeit in der Bauernmundart vor allem hieß. Auch in diesem Wort *Amad* (wie Andreas Schmeller im »Bayerischen Wörterbuch« ansetzt), steckt der Schnitt *(Mahd).* Der Herbst fand im Sommer statt. Die Weinernte und die Jagd — auch eine Ernte, eine »Ernte des Todes«, wie ja der Tod selbst als Schnitter verstanden wurde — Lese und Jagd waren die herbstlichen Ernten. Das Obst nicht zu vergessen.

Vor rund zwanzig Jahren hat man aber den Mais, ein bis dahin bei uns nicht heimisches »Getreide«, importiert und damit den Herbst wieder »geherbstet« und zu einer Zeit des Schnittes gemacht. So muß im Oktober, der in manchen deutschen Gegenden als »der zweite Herbst« bezeichnet wird, ja noch im »dritten Herbst«, im November, der Harvester (deutsch »Herbster«) aus der Remise geholt werden. Man rüstet ihn um und mit einem sogenannten »Maisgebiß« aus, falschen Zähnen gewissermaßen, martialischen Zinken, und wirft ihn in die Schlacht gegen den Mais. Was er in der Kampagne leisten muß, kann man bei der Dicke der Stengel des Kukuruz, des »Türkenkorns«, nur noch euphemistisch als »Schnitt« ansprechen; man müßte es als »Fällen« oder »Schlägern« bezeichnen. Der Maisdrusch gehört unter »Waldarbeit« verbucht. Ich, der ich mir den Luxus leiste, die Landwirtschaft nicht unter wirtschaftlichen, sondern ausschließlich unter ästhetischen Aspekten anzusehen, kann mich mit dem Mais und der übrigen Amerikanisierung und »Farmerisierung« gar nicht anfreunden. Denn mit dem unmenschlich hohen, dunkelgrünen, ins Kraut schießenden geilen Mais hat man unserem guten altdeutschen Herbst mit den melancholischen Kartoffelfeuern, den weidenden Kühen, den Stoppelfeldern und der Herbstzeitlose den Garaus gemacht. Ist ein Schnitter, der heißt MASSEY-FERGUSON. Immer erschrecke ich, wenn ich auf anderen Landmaschinen MENGELE lese. Neue österreichische Mähdrescher gibt es ja nicht mehr. Mein Welser Schulfreund hat vor Jahren die Produktion eingestellt. Österreich ist ein zu kleiner Markt. Ich weiß das von den Büchern, es hapert an Stückzahlen. Meine Nachbarn, »Nachbauern« sozusagen, konnten mir nichts Schlimmeres antun, als mein Haus und meinen Garten mit Maisbäumen zu umstellen, die mir jede Aussicht rauben und meine ganze Existenz verdunkeln und verdüstern. Jetzt braucht nur noch Regen in diesen Regenwald zu fallen! Herbst des Einsamen ... Dabei kommt der Mais mit unseren Jahreszeiten kaum aus, die tropische Pflanze wirft unseren gemäßigten Kalender über den Haufen, sie maturiert nicht im Sommer wie die anderen bodenständigen und anständigen Getreidesorten, und sie braucht auch nach dem Einbringen noch viel Nachhilfe, »Depotreifung«. Späte Matura, zweiter Bildungsweg.

Meine Frau hält sich insofern schadlos, als sie sich manchmal einen Maiskolben vom Stengel bricht und kocht. Mundraub. Sie kennt das von ihrem Vater, der aus Albanien stammt, das Maisessen nämlich. Für mich ist Mais Schweinefutter. Was der Bauer nicht kennt, ißt er nicht, sagt meine Frau. Sie sagt *ißt*. Freundlicherweise zitiert sie ungenau.

Hornisse

Aus jahrelanger persönlicher Erfahrung weiß ich um die Harmlosigkeit, ja Gutmütigkeit der Hornissen, und ich lasse mich beim Obstklauben durch sie nicht weiter stören. Natürlich störe auch ich sie nicht und lasse sie gewähren. Man muß nicht gerade jene Frucht ergreifen wollen, an der eine Hornisse eben beschäftigt ist. Respekt ist geboten, denn »ihr Stich ist schmerzlich«, steht im Lexikon. Drei Stiche töten einen Menschen, sieben ein Pferd, heißt es. Ein Ondit. »Killerbienen« nennt sie mein Sohn. Er hat den Ausdruck im Fernsehen gehört, und die Killerbienen sind ihm

auch gleich ein willkommener Vorwand, die Natur zu meiden und weiter in die »Röhre«, diesen Bienenkorb, in dem es nicht nur bei Schlechtwetter- und Ferienprogramm den ganzen Tag wuselt, wimmelt und wurlt, zu blicken. »Killermenschen« könnten die Hornissen sagen, und zwar mit Recht. In meiner Mundart heißt es übrigens nicht *Hornisse,* sondern *Hurnaus,* als käme das Wort nicht von *Horn,* sondern von *Hure.* Eigentlich ist *Hornisse* weiter nichts als der weibliche *Hornist.* »Die trompetende Hornisse« nennt sie denn auch Wilhelm Wackernagel in seinem »Wörterbuch zum Altdeutschen Lesebuch«, Basel 1861.
Mit Erstaunen sah ich eines schönen Sommersonntags, daß in der Musikkapelle meiner Heimatgemeinde Pichl nun auch Mädchen mitspielen. Da wurde mir klar, daß die Emanzipation endgültig den Durchbruch geschafft hatte ... In jungen Jahren ein Freund der Mädchen, heute ein Freund der Emanzipation, begrüße ich diese Veränderung natürlich, obwohl mir nicht jeder Eifer verständlich ist. So höre ich lieber zu, wenn andere aufspielen, als selbst den Unterhalter zu spielen. Aber was der Mensch kann, soll er tun. Und wenn er Luft und Lust hat, soll er ins Horn blasen. Die Tracht unserer Kapelle ist freilich deutlich auf Männer zugeschnitten, sodaß die weiblichen Mitglieder modisch gesehen nicht zu ihrem Recht kommen, um nicht zu sagen vergewaltigt wirken. Ist nun die Musik nicht mehr reine Männersache,

so stellt sich immer noch die Frage der Männersprache. Wie heißt nun die trompetende Frau? Der Ausdruck *Hornisse,* der den Sachverhalt genau träfe, ist bereits besetzt — und er ist negativ besetzt. *Hornistin* aber wird sich der selbstbewußte trompetende weibliche Mensch wahrscheinlich auch nicht nennen lassen wollen, weil er damit ja wieder nur als die weibliche Variante oder als männliches Derivat erscheinen würde. Andererseits behaupten Wörter wie *Modistin* oder *Visagistin* trotz des sprachlichen Befundes einen weiblichen Primat.

Genetisch stellt es sich, wie ich aus einem Vortrag über Mythen von Gernot Eder bei einer Tagung der Studienstiftung »Pro scientia« weiß, so dar, daß der weibliche Mensch der Mensch an sich ist, der Prototyp Mensch, und daß der männliche Mensch einige Extras aufweist, die ihn einerseits als eine Sonderanfertigung, andererseits aber auch als anfällig und risikoträchtig erscheinen lassen. So ist seine Lebenserwartung auch niedriger. Der Mann ist also von der Frau genommen, Adam von Eva. Ins Sprachliche und auf meinen Fall übertragen, müßte der Trompeter *Hornisser* und nicht die Trompetin *Hornistin* heißen. Die Musiker machen es sich insofern leicht, als sie nur vom Horn oder von der Geige sprechen, egal wer in das Instrument hineinbläst oder wer an den Saiten zupft. Dies ist der »Friede des Neutrums«.

Gestern (18. 1. 1989) sah ich in einem Linzer Hotel im Fernsehen, daß Enns oder Aichkirchen-Bachmanning für eine Sondermülldeponie ausersehen sind. Nachdem die Politiker des Landes und die Bürgermeister der betroffenen Gemeinden zu Wort gekommen waren, war mir klar: Aichkirchen bekommt den Zuschlag, oder genauer: den schwarz-roten Peter. Für Aichkirchen sprechen nämlich nicht nur die Geologen, die sogenannten Sachverständigen, sondern gegen Aichkirchen spricht auch, daß es die kleinste Gemeinde in Oberösterreich ist ... Den Letzten aber beißen die Hunde.
Ich kenne Aichkirchen. Vor Jahren bekam ich von dort einen Brief mit der Bitte um eine sogenannte Dichterlesung. Nun würde ich mir ohne weiteres zutrauen, dem Bürgermeister von Wien zu widerstehen, dem Bürgermeister der kleinsten oberösterreichischen Gemeinde aber, einem Bauern, der Alois hieß und diesen Vornamen Alois nach gutem oberösterreichischem Brauch wie mein Vater nach und hinter dem Familiennamen schrieb, konnte ich keinen Korb geben, das hätte ich nicht über mein hausruckviertlerisches Herz gebracht. Und so fuhr ich im Dezember zu meiner Dichterlesung nach Aichkirchen. Ich bin nicht nur ein Diminutivfachmann, sondern auch ein Föderalist aus Überzeugung. Aichkirchen aber, das muß ich zu-

geben, hatte sogar ich überschätzt! Selbst der Tod hielt sich dort in engen Grenzen und backte nur kleine Brötchen: Bei einer Kirchen- und Friedhofsbesichtigung zeigte mir mein einheimischer Begleiter das Grab des einzigen in jenem Jahr Verstorbenen, am 8. Dezember! Man war dem Heimgegangenen fast ein wenig böse, daß er die Statistik verpatzt und damit vielleicht eine Eintragung Aichkirchens ins Buch der Rekorde als lebendigste und gesündeste Gemeinde verhindert hatte. Auch kulturell ist die Ortschaft rege. Jedenfalls habe ich in Wien schon vor weniger Menschen gelesen. So klein Aichkirchen aber ist, hat es doch auch seinen großen Sohn und damit einen gesunden Bauernstolz: Peter Coloman Fellner, Oberösterreichs erster Lithograph, stammte von hier. Bald wird man mit Aichkirchen aber nur noch den Sondermüll assoziieren, so wie etwa Regau zu einem Synonym für seine »Tierkörperverwertung« geworden ist.
In der gestrigen Fernsehsendung gab es aber noch eine Meldung, die mich aufhorchen oder aufblikken ließ. Es war davon die Rede und das Bild, daß der Atommüll der Nuklearanlage in Seibersdorf nach Kopfing im innviertlerischen Sauwald kommen solle. Wieder hatten sogenannte Sachverständige gerade den Sauwald, eine entlegene Gegend, wo sich Füchse, Hasen und Wildschweine Gute Nacht sagen, als günstigste »Lagerstätte« herausgefunden. Zufälle gibt es. Ich kenne natür-

lich auch Kopfing von einer Dichterlesung her. Der Ort ist ein bißchen größer als Aichkirchen, aber wirklich nur ein kleines bißchen. Kein anderer Flecken also auf dem langen Weg von Seibersdorf bis an die bayrische Grenze kann es mit Kopfing geologisch aufnehmen. Ein Sonderfall von Prädestination. Ich verstehe nichts von der Naturwissenschaft, als Philologe aber kommt es mir fast ein wenig vor, als sei dem Sauwald sein Name zum Verhängnis geworden. Vielleicht wird, wenn wir erst in der EG und mit Deutschland wieder vereinigt sind, auch von Wackersdorf her nach Kopfing geliefert. Österreich wird dann in Europa, was Aichkirchen in Oberösterreich ist.
Einer ist es, der sät, und ein anderer ist es, der erntet ... Die großen Maxis und Multis besorgen den Mist, und ein Mini bekommt ihn schließlich zur »Entsorgung«. Das liegt im Wesen der Demokratie und des Lastenausgleichs unter den Kommunen. Klein ist fein? Small is dutiful!

Kommode

Commodus nannten wir einen Mitschüler am Kollegium Petrinum. Wie die Humanisten trugen wir lateinische oder latinisierte Namen. Auch mich hatte man ins Lateinische übertragen, zuletzt setzte sich aber doch wieder der alte germanische Spitzname *Brandy* durch. Wunder wäre es keins, wenn ein viel gehänselter Mensch aus Ärger über einen solchen geistlosen Spirituosennamen am Ende wirklich zum Alkoholiker würde. Im Schreiben habe ich aber schließlich eine weitaus bequemere Art des Abreagierens gefunden. Manche Rechnung habe ich in meinem ersten Buch beglichen. Und auch später habe ich der Versuchung, es jemandem heimzuzahlen, nicht immer widerstehen können. Mein ist die Rache und meine Feder ist ein Schwert ...

Commodus sollte wohl den Bequemen bedeuten, der sich nicht anstrengen will und den Weg des geringsten Widerstandes geht, den »Dünnbrettbohrer«, wie man in Deutschland sagt. Theodor Mommsen beschreibt in seiner »Römischen Geschichte« den Jüngling Gaius Iulius Caesar als rechten *Commodus:* »Auch er hatte von dem Becher des Modelebens den Schaum wie die Hefen gekostet, hatte rezitiert und deklamiert, auf dem Faulbett Literatur getrieben und Verse gemacht, Liebeshändel jeder Gattung abgespielt und sich einweihen lassen in alle Rasier-, Frisier- und Manschettenmysterien der damaligen Toilettenweisheit, sowie in die noch weit geheimnisvollere Kunst, immer zu borgen und nie zu bezahlen.« Ein einziger Satz wie dieser, ein Kunststück an Historie und Erzählung, rechtfertigt den Literatur-Nobelpreis! Über jenen Kaiser, den die Geschichte wirklich als *Commodus* verbucht, den Sohn des Marc Aurel, schreibt Mommsen, eben im Kontrast zu Vater Marcus: »Er war in jeder Hinsicht das Gegenteil seines Vaters; kein Gelehrter, sondern ein Fechtmeister, so feig und charakterschwach, wie dieser entschlossen und konsequent, so träge und pflichtvergessen wie dieser tätig und gewissenhaft.« Der schwache Kaiser war ein starker Angeber: Bekanntlich hat er sich selbst den Titel *Exsuperantissimus* zugelegt. Diesen Beinamen sollen sich einmal alle Amateure der Angeberei und alle Dilettanten des Imponierens heute, die sich *Champion* oder *The Greatest* nennen, hinter die Ohren schreiben!

Über *commodus* wäre noch zu sagen, daß es im Lateinischen vorerst gar nicht so schlecht notierte, es hat auch »würdig, angemessen, zweckmäßig und entsprechend« bedeutet. In diesem guten Sinn ist auch die Natur »bequem«: Dem Wasser würde es nie einfallen, bergauf zu fließen. Das Wasser fließt den Weg des geringsten Widerstandes. Und es geht auch im Raum der Freiheit und der Moral nicht an, alles Unbequeme von vorneherein für gut und alles Leichte für schlecht zu halten. Das wäre ethisch leichtfertig und kurzschlüssig. Man muß also nicht immer gleich rufen: Die Moral geht den Bach hinunter! Es kann auch einmal das Leichte das Richtige und Angebrachte sein und das Schwere ein Krampf. Prüft alles, heißt es in der Bibel. Aufs Deutsche aber gesehen, bedeutete das *Bequeme* auch das »Bekömmliche«, wie es ja bloß eine ältere Form von diesem darstellt. Daß »die Bequemlichkeit« ein veralteter Ausdruck für jenen »Gemeinplatz« ist, den die Pennäler »Locus« nannten, spricht auch nicht dagegen. Sofa und Lotterbett sollen bequem sein, der Mensch soll tätig sein, aber deshalb nicht »unbequem«.

Dreißig Jahre nach der Matura trafen wir Altpetriner uns voriges Jahr in Enns. Gern habe ich die Unbequemlichkeit einer langen Fahrt über die Alpen auf mich genommen, um die alten Klassenkameraden, die in der Mehrzahl Priester geworden und auch geblieben sind, wieder einmal zu treffen. Einer fehlte »unentschuldigt«: Commodus! Hatte er es »nicht der Mühe wert« gefunden? Es hieß aber dann, er sei Traditionalist geworden — oder geblieben … — und wolle sich deshalb mit uns nicht mehr treffen. In Respekt und Sympathie für die Einsamkeit dieses einzigen Abwesenden leistete ich bei mir auch Abbitte für den Namen *Commodus,* der sicher schon damals nicht zutraf.

Ein Minimalist jedenfalls war er nicht geworden. Quod erat demonstrandum. Sein Name sei Marcus Aurelius.

Ständig ist von Kultfilmen und Kultbüchern die Rede. Solche Filme oder Bücher werden also zu einem Gegenstand der Verehrung und Anbetung. Der Anhänger eines solchen Kultfilmes des Filmkultes besucht seinen Film wie einen Gottesdienst, und er besucht ihn auch immer wieder. Innerhalb des Kultfilmes ist es meist eine bestimmte Sequenz, die als besonders kultisch und verehrungswürdig gilt, wie sich etwa Humphrey Bogart — rituell — eine Zigarette anzündet oder James Dean einen Sportwagen besteigt. Heute werden Kultfilme bereits mit Absicht gedreht. Kultisch wurden Kunstwerke früher erst, wenn ihre Schöpfer das Zeitliche gesegnet hatten, wie etwa James Dean mit seinem Auto das Zeitliche gesegnet hat, oder wenn sie Märtyrer des Nikotins geworden sind wie Bogart oder des Alkohols wie Richard Burton. *Diva* und die *Göttliche,* aber auch *Star* oder neuerdings *Megastar, Superstar, Messias, Madonna* und *Gott* — nichts ist vor der Säkularisation sicher. Auch der Satan nicht.

Ein säkularisierender Geist weht auch durch den Artikel *Kult* in dem von der Akademie der Wissenschaften der DDR herausgegebenen »Wörterbuch der deutschen Gegenwartssprache« (Herausgeber: Ruth Klappenbach und Wolfgang Steinitz). Die Definition für Kult lautet: »in bestimmter Form vollzogene, gemeinschaftliche religiöse Verehrung vermeintlicher überirdischer Mächte oder Wesen.« Das *vermeintlich* umschreibt in dieser Definition den Glauben ... Sieht man nun den Artikel *vermeintlich* selbst an, so findet man: »irrtümlich vermutet, angenommen, scheinbar« und als Beispiel: »er verneigte sich vor einem vermeintlichen (nur in seiner Vorstellung existierenden) Publikum.« So findet das Lexikon kein gutes Wort für irgendeinen Kult: »ein heidnischer K., der K. der katholischen Kirche; einen K. mit Götzen treiben« heißt die unheilige Beispieldreifaltigkeit bei Klappenbach-Steinitz. Definitionsteil und Belegteil sind ausgesprochen tendenziös, so daß man den Eindruck gewinnen muß, vorenthaltene Religionsfreiheit wäre eigentlich weiter nichts als ein Verbot, unvernünftig zu handeln. Jeder Glaube ist dem Unglauben ein Aberglaube.

Das Wörterbuch sieht alles unter einer marxistischen Perspektive. Diese Perspektive (oder Ideologie) war der Grund, daß die Wissenschaftliche Buchgesellschaft, die dem Wörterbuch die Aufnahme in ihr Programm zugesichert hatte, dies schließlich nur unter Protest und mit einer Warnung an die Mitglieder im Katalog eingelöst hat. Als katholischer Germanist schlage ich noch *Messe* nach. Die gottesdienstliche *Messe* rangiert als *Messe*[2] nach der »zentralen Ausstellung von Verbrauchsgütern oder Produktionsmitteln, die meist als Muster für Vertragsabschlüsse, seltener unmittelbar zum Verkauf gelangen«, der *Messe*[1], und vor der *Messe*[3], dem »Aufenthaltsort und Speiseraum für Offiziere oder Mannschaften an Bord von Schiffen«. Kurz ist der Artikel und es fehlt bei den Beispielen die *heilige* Messe. *Bezeichnenderweise* kommt nur *eine stille Messe* vor. Nur die Leipziger Messe ist den Lexikographen heilig.

Kummernummer

Das Wort *Kummer* empfinden wir heute nicht mehr als jene Metapher, die es einmal war. Die Sprache ist reich an solchen »verblaßten Metaphern«. Metapher (lateinisch translatio) bedeutet »Übertragung«. *Übertragung* ist selbst eine Übertragung. Die Richtung der Metapher dient zu ihrer Einteilung. *Kummer* und *Verdruß* sind Übertragungen vom Dinglichen ins Nichtdingliche, vom Konkreten zum Abstrakten. Das mittelhochdeutsche *kumber* hat in erster Linie »Schutt, Belastung, Müll« bedeutet, erst in zweiter Hinsicht »Mühsal, Not, Gram«. »Wir tragen Kummer, tragen Leid ...«, heißt es in einem Kirchenlied. Mit *tragen* und *Kummer* sind wir ganz im Bereich des Körperlichen im übertragenen Sinn. Die beiden Wörter sind aber unterschiedlich »verblaßt«. *Tragen* ist nach wie vor beidseitig verwendbar: Ich trage dir nichts (oder: die Tasche) nach. *Kummer* gibt es nur noch im Psychischen, nicht mehr im Physischen. Zwar bereitet uns der Müll Kummer, aber es geht nicht an, zu sagen: »Der Kübel ist voll Kummer.« Es heißt Mülltonne und nicht Kummertonne. Wenn heute jemand *Kummer abladen* sagt, so hat er damit weniger die vergessene oder verblaßte dingliche Bedeutung des Wortes reaktiviert, als vielmehr das Wort neuerdings übertragen, sozusagen »rückübertragen«, vielleicht auch in Parallelität zu *Kreuz,* das auch »vergeistigt« wurde, aber andererseits auch dinglich geblieben ist. Es ist ein Kreuz mit dem Kummer.

Ein trauriger Mensch ist auch im Fasching nicht leicht zu unterhalten. Und bekümmert nicht die Art, wie gerade der Fasching, die Fastnacht oder der Karneval begangen werden, auch manchen sehr? Keine Sache ist sensibler als die Causa humoris, denn ein Spaß darf den Menschen weder unter- noch überfordern. Beides nimmt der Mensch übel. (Von Allesfressern wollen wir nicht einmal in Klammern reden, wie ja vor allem der Alkohol die Geschmacksnerven irritiert.) Aber mich unterhalt's.

Unterhaltend finde ich persönlich die Etymologie. Und *Humor* ist diesbezüglich geradezu ein Alleinunterhalter. Auch der blutige Laie weiß ja inzwischen, daß *humor* im Lateinischen »Feuchtigkeit, Saft« bedeutet, sodaß ein »saftiger Humor« eine Tautologie und ein »trockener Humor« ein Widerspruch in sich ist. Die Festlegung des Humorigen auf das Heitere und Verspielte ist indessen eine »Vereinseitigung«, denn ursprünglich hat sich *humor* entsprechend der alten Humorallehre auf die emotionale Ganzheit des Menschen bezogen. Also auch Choleriker, Melancholiker und Phlegmatiker hatten »Humor«. Jeder schmorte in seinem eigenen Saft. *Humor* ist im übrigen eine sekundäre Form, das Wörterbuch bringt den entsprechenden Artikel, den Scherzartikel, sit venia verbo, unter *Umor.* So heißt es richtig. Wo bleibt der Umor, der König von Umor! Der Tumor ist kein Umor, damit treibt man keinen Scherz. Manche Büttenrede ist ein Trauerspiel und kommt einem wie eine Kummernummer vor. Ad propositum Büttenrede: Vor etlichen Jahren rief mich ein Herr aus Spittal an der Drau an und bat mich, ihm für eine Faschingsveranstaltung eine Büttenrede zu verfassen. Er hatte meinen Roman »Zu Lasten der Briefträger« gelesen und meinte nach dieser Lektüre, ich müßte ihm einen sogenannten umwerfenden Text schreiben können. Mich aber machte diese Zumutung bekümmert und verdrießlich, im direkten, nicht übertragenen Sinn. Ich nämlich hatte mich mit meinem Buch in der weltliterarischen Tradition von Cervantes und Grimmelshausen, von Ludwig Börne, dessen Werk ich ein Motto entnommen, und Heinrich Heine gesehen. Und jetzt rief mich jemand aus Spittal an der Drau an. Nicht einmal aus Villach.

Werde ich genötigt, mit Andreas, meinem Älteren, Schlittschuhlaufen zu gehen, um zu verhindern, daß er ein »Stubenhocker« wird, wie man früher gesagt hätte, ein »Dauerfernseher«, wie man heute sagen muß, dann erlaube ich mir gern wie folgt zu philistern: »O Jüngling, der den Wasserkothurn/Zu beseelen weiß und flüchtiger tanzt,/Laß der Stadt ihren Kamin! Komm mit mir/Wo des Krystalls Ebene winkt!« Verständnis kann ich für diese prächtigen Verse aus der Ode »Der Eislauf« von Friedrich Gottlieb Klopstock aber nicht erwarten, die kostbare Redeweise ist meinem Kleinen zu hoch. Haben wir endlich den Parkplatz des Treimischer Teiches bei Viktring erreicht, so »winkt« uns dort weniger »des Krystalls Ebene«, sondern vorerst einmal ein Parkwächter ein. Der Teich ist stark frequentiert. Und statt: »Zurück! laß nicht die schimmernde Bahn/Dich verführen, weg vom Ufer zu gehn!« heißt es *prosaisch,* das heißt »gerade heraus«, auf einer schiefen Tafel: Betreten auf eigene Gefahr. »Künstle nicht!«, ermahnt Klopstock, der oft, und oft zu Unrecht der Künstelei beschuldigte Dichter den eislaufenden Jüngling. Im Vorwort meiner Klopstock-Ausgabe von 1854 lese ich über ihn: »Eislauf predigt er mit der Salbung eines Heidenbekehrers. Auf die Verächter der Eisbahn sieht er mit Stolze herab. Eine Mondnacht auf dem Eise ist ihm eine Festnacht

der Götter. Die Holländer schätzt er gleich nach den Deutschen, weil sie ihre Tyrannen verjagten und die besten Eisläufer sind.«
Denke ich an unser »Material« nach dem Krieg zurück, die vorne eingeringelten Kufen nämlich, die man mit dem sogenannten »Schlüssel«, einer Kurbel, mit kleinen Schraubzwingen an der Sohle der Goiserer oder »Holzschuhpummerln« festschraubte und mit denen man wirklich keine großen Sprünge machen oder verwegene Figuren tanzen konnte, weil sie einem bei jeder schärferen Kurve abfielen, dann kann ich kaum glauben, daß die Menschen schon in der Hallstattzeit zwischen den Pfahlbauten »geschlüpft« und »geschlittert« sein sollen, auf Röhrenknochen, wie ich lese.
Alle »Wasseransammlungen« (sic!) um Kopenhagen waren Klopstock bekannt, steht in seiner Vita, »und er liebte sie nach der Ordnung, wie sie früher oder später zufroren«. Auch ich habe in den fünfzehn Jahren meines Hierseins etliche Weiher, Teiche und Seen der Klagenfurter Umgebung »erfahren«. Von den modernen Stahlkufen unter den Schalenschuhen aus Kunststoff abgesehen, sehe ich in Anzug, Mantel und Schal, Hut und Krawatte freilich doch eher wie ein Klopstockforscher und kaum wie ein Stürmer der Meistermannschaft des Athletic-Clubs aus, die im übrigen nur auf Kunsteis und in der Halle spielt. Eine Perversion der »Winterlust« des »schlüpfenden Stahls« und der »Flügel am Fuß«! Und nicht »vom jungen Fro-

ste ertönet dort die Bahn«, sondern vom Krachen jener Stöcke, mit denen sie in wahren Prügelorgien aufeinander eindreschen. Zu mir aber und meiner traditionsbewußten Fahrweise paßte es durchaus, wenn ich zu meinem Sohne sagte: »Zur Linken wende du dich, ich will/Zu der Rechten hin halbkreisend mich drehn;/Nimm den Schwung, wie du mich ihn nehmen siehst:/Also! nun fleug schnell mir vorbei!«

Der Eisläufer beschreibt einen Bogen und der Dichter beschreibt den Eisläufer ... am Ende der Ode aber steht die leise, aber *eindringliche* Warnung vor dem Einbrechen, jenem schrecklichen Tod ohne Todesschrei, den der expressionistische Dichter Georg Heym am 16. Jänner 1912 auf der Havel erlitten hat! Ausgespart bleibt lediglich der Sturz, der sich als »Parodie« des Eislaufens für die Ode thematisch absolut nicht eignet. Der Ausrutscher! Denn sicher sieht es komisch und lächerlich aus, wenn mich der flinke Sohn von der Seite anfährt und *fällt,* also »zu Fall bringt«, und der schwere Vater, der »überfällige« Vater schwerfällig *fällt,* »zu Falle kommt«. Davon schweigt des Sängers Höflichkeit.

Als wir uns Anfang der sechziger Jahre unter der Ägide der Deutschen Forschungsgemeinschaft in Saarbrücken mit »Maschineller Sprachanalyse« beschäftigten, brachten wir die Zuse, einen vorsintflutlichen Computer der ersten Generation, bald so weit, daß sie die beiden ersten Kapitel des »Ludus Latinus« kapierte und aus dem Lateinischen ins Deutsche übersetzen konnte. *Magister puellam laudat* gaben wir ein, und »Der Lehrer lobt das Mädchen« druckte die automatische Schreibmaschine unter Getöse aus. Ein Berg kreißte, ein verschalter Blechkasten, groß wie eine Dreschmaschine, warf das Sätzchen aus. Anfangs hatte er freilich »Lehrer Mädchen loben« ausgeworfen, also wirklich fehlerhaften Auswurf produziert, dann »Lehrer lobt Mädchen«, bis wir ihn so weit hatten, daß er die Kongruenz, die Stellung des Prädikats und die deutschen Artikel beachtete. Als er die korrekte Übersetzung lieferte, fielen wir Stipendiaten der DFG uns in die Arme wie die Techniker in Cape Canaveral, als Armstrong den Mond betreten hatte. Und wie Professor Higgins in »My Fair Lady« sangen wir jubelnd: Jetzt hat sie's, sie hat es! Die Zuse packt es.

Computare heißt rechnen. So gesehen war es sicher nur recht und billig, wenn man dem Computer oder Computator, dieser Maschine mit dem lateinischen Namen, zuerst einmal seine Muttersprache, also eine *natürliche* Sprache, beibrachte. Und wenn man bedenkt, daß es primum *analoge* und secundum *digitale* Computer gibt, so darf man schon in *digital*, nach *digitus* »Finger«, auch einen Fingerzeig in Hinblick auf jenes elementare und fundamentale »Translation Program« erblikken. *Programm* und *analog* stammen freilich aus dem Griechischen, das wir der Zuse nicht beibringen konnten, weil wir die Sprache der alten Hellenen selbst nicht beherrschten und weil der Drukker keine entsprechenden *Typen* hatte, um es nun doch griechisch zu sagen.

Wer sich mit automatischer Sprachübersetzung befaßt und an den Texten auch ein ästhetisches Interesse hat, für den bedeutet das Ergebnis der Mühe immer eine Frustration. Es ist ein himmelhoher Unterschied zwischen Zuse und Voss oder Schröder.

So resignierten wir bald, so wie ja auch Ingenieur Zuse resignierte oder vielmehr mit Siemens immens fusionierte. Ein immer wiederkehrender Klagepunkt unter den technischen Mitarbeitern am Programm war der »Speicher«, der zuwenig »Plätze« hatte. Der Thesaurus war dort offenbar nicht unterzubringen, so enthielt das Wörterbuch nur den Grund- und Primitivwortschatz. Dem »Blechtrottel« fehlte natürlich auch jeder Humor, und wenn er komisch war, dann immer unfreiwillig. Die Techniker hatten ihm freilich auch einige kuriose Meldungen beigebracht, etwa: LERNEN

SIE ERST SELBST EINMAL LATEIN oder CICERO DREHT SICH IM GRAB UM oder WAS VERLANGEN SIE JETZT WIEDER FÜR EINEN BLÖDSINN VON MIR. (Die Maschine schrieb alles groß.)
Der vulgäre Vorwurf gegen die Überflüssigkeit des Lernens der »toten« Sprache Latein kommt heute aber nicht nur von den Technikern, er ist *vulgärer* und *ordinärer,* das heißt allgemeiner, »im Volke üblich«. Man muß aber schon ein merkwürdiges Todesbewußtsein haben, wenn man im Blick auf die romanischen Sprachen, aber auch auf das Englische, das im Wortschatz zu einem Drittel »romanisch« ist, dem Lateinischen den Totenschein ausstellt. Es ist, als ob der Brotesser das Getreide oder der Weintrinker die Trauben für tot erklärte. Es wird aber Latein sein und wir werden nimmer sein.

Licht

»Die Stille Grösse leuchtet mir sehr ein«, schrieb mir Günter Eich 1971 nach Saarbrücken. Er bezog sich auf mein bibliophiles Buch mit diesem Titel, das ich ihm nach einer Begegnung bei den Rauriser Literaturtagen geschickt hatte. Und es leuchtet sicher auch ein, daß ein junger Autor, der ich damals war, ein solches Licht nicht unter den Schreibtisch stellt, wenn dies auch nicht gerade ein Zeichen stiller Größe ist ...

Als ich in den fünfziger Jahren als Kind in der Stube meines Elternhauses mit den kleinen vergitterten Fenstern abends aus dem alten Radio Eichs Hörspiele hörte — hörte, sah, schmeckte und fühlte —, war mir dies wie eine Offenbarung dessen, was Dichtung zustandebringt und vermag. Und wenn ich mein Hörerlebnis von damals nachträglich »visualisiere«, so war es gerade das Nichtgrelle, das Morgengrauen und die Abenddämmerung, das Schattige und Nächtige, ja »das milde Licht der Ewigkeit«, das mir so naheging und mich berührte, um das zupackende Wort *ergriff* zu vermeiden. Wie kein anderer hat der Mystiker Eich in den »Träumen« und den »Stimmen« die poetologische Forderung des Aristoteles erfüllt: Sprich, damit ich dich sehe! Er besaß die innere Schau und das andere Gesicht, und es ist verständlich, daß ihn gerade jene, denen das Augenlicht genommen wurde, die Kriegsblinden nämlich, mit ihrem hochangesehenen Preis, so sehr ins Herz geschlossen hatten.

Mir ist heute, nicht nur in der Literatur, das meiste zu grell und zu blendend. *Blenden* bedeutet »blind machen«. Vieles ist den Augen nicht zuträglich, etwa jene Bauernhäuser, die man um die alten Fenster und jene Fenster, die man um die Kreuze gebracht hat. Die Crux mit den Glotzfenstern. Schau wie häßlich. Man wolle es licht in den Häusern haben, heißt es. Ein Bauer aber, der vom Aufgang der Sonne bis zum frühen Mittag und vom

Nachmittag bis zum Abend im Freien und in der Sonne arbeitete, war früher *heilfroh,* wenn er sich bei und nach den Mahlzeiten, am Feierabend und am Feiertag im Dämmrigen und Kühlen geborgen fühlen konnte. Was machen die Bauern heute bloß hinter den Auslagen, von denen sie offenbar *hellauf* begeistert sind? Lesen oder stricken sie ohne Unterlaß, fädeln sie hauchdünnen Zwirn durch winzige Öhre, reparieren sie dauernd Damenarmbanduhren? Suchen die Bauern ständig die Nadel im Heuhaufen? Lesen sie immer wieder das Kleingedruckte in ihren Verträgen mit der Kunstdüngerindustrie?

Man muß kein übersensibler Künstler sein, um sich heutzutage optisch und akustisch sehr oft *behelligt* zu fühlen, auch wenn man den Lichtorgeln der Diskotheken und der aufdringlich verstärkten Popmusik ausweicht. Denke ich an das Wort *behelligen,* so tut es mir geradezu leid, daß ich mir als Philologe keine sogenannte Volksetymologie leisten kann. Es hängt aber nicht mit *hell* zusammen, das seinerseits von *Hall,* also einem Ohren-Wort kommt, sondern mit einem verlorenen *hellig,* »lästig, ärgerlich, unangenehm«.

Ich bin nach meinem letzten Umzug in eine Pfarrei mit einer der modernen, überhellen, gläsernen Kirchen gekommen. Es ist, als ob mein Glaube auf eine harte Probe gestellt werden sollte, ob er auch lichtecht ist und nicht vielleicht ausbleicht. Dem natürlichen und einleuchtenden Bedürfnis, sich vor dem, der im unzugänglichen Lichte wohnt, als unzulänglicher Mensch ein wenig zu verstecken und zu verkriechen, wird von den Bauleuten nicht Rechnung getragen. Das Licht leuchtet in der Finsternis!, möchte man den Architekten zurufen. Im Licht leuchtet das Licht nicht. Die Finsternis aber begreift es nicht.

Luft

Mein Chemielehrer am Welser Gymnasium verließ uns Mitte der fünfziger Jahre, um in Linz für die Gemeinde eine biologische Meßstation aufzubauen. Er war doppelter Doktor, offenbar ein Gelehrter und damit an einer Mittelschule ein wenig fremd. Man kennt etwa auch jene Künstler unter den Kunsterziehern, die am Schuldienst leiden ... Der doppelte Doktor unterrichtete mein absolut schlechtestes Fach. Ich trauerte ihm nicht nach. Der Chemiker ging, die Chemie blieb freilich im Lehrplan. Nie habe ich die chemischen Formeln begriffen, mußte ich H fünf C sieben O neun mit N drei S acht zur Reaktion bringen und das Ergebnis aufschreiben, so wußte ich nie, wer sich mit wem verbindet und warum, und es blieb mir immer eine Menge Überschuß und Rest. Der Lehrer aber konnte nicht begreifen, daß man das nicht begreift. Immer fragte er mich, wo denn dieses oder jenes Element und dieses oder jenes Molekülchen

geblieben wäre. Und so habe ich außer Wasser und Salz auch keine Formeln behalten, die für Salz vor allem deshalb, weil sie die Verkleinerungsform eines im Lande ob der Enns damals noch häufigen Vornamens war: NaCl für den Ignaz, Nazl, wenn man es richtig schrieb. Nicht zu vergessen das Gedicht mit jenen Nährstoffen, die die Pflanze braucht: C, O, H,/N, S, K/Ca, P/Mg, Fe plus Spurenelemente. Gedichte lernte ich gern und leicht, in Deutsch war ich gut. Natürlich weiß ich, daß auch für einen Geisteswissenschaftler kein Grund besteht, auf so geringe naturwissenschaftliche Kenntnisse stolz zu sein.
Chemie war für mich Luft. Schon von meinen ersten Schuljahren am Kollegium Petrinum her. Oft stiegen wir damals auf den Pöstlingberg und standen nach dem Besuch der Wallfahrtskirche vorne an der Balustrade und schauten auf Linz hinunter. Klein und wenig waren damals noch die Hochöfen im Hintergrund, und sie rauchten mäßig. Die Zöglinge des Petrinums kamen hauptsächlich aus dem Mühlviertel. Die Söhne meist kleiner Bauern hatten jene bekannten agrarischen oberösterreichischen Familiennamen. Wir hießen Auer, Binder, Brandstetter, Lachinger, Innerlohinger, Kirchschläger, Leopoldseder usw. Oder Himmelfreundpointner, ein fünfsilbiger Familienname, stattlich wie ein Vierkanter. Von Haus aus war der Himmelfreundpointner einmal ein Bauer in guter, wind- und unwettergeschützter Lage;

theologisch war der Name nicht gemeint, eher meteorologisch, kein »Liebling der Götter«, sondern bloß ein »Wettergünstling«.
Nun wuchsen wir Zöglinge jedenfalls in eine andere Welt hinein. Wir lernten vor allem Latein, und so blickten wir, Mitglieder der Legio Mariae, von jenem mons auf den Immaculata-Dom hinunter, aber auch auf den Danuvius und jenen pons über den Strom, den der dux seiner Schulstadt Lentia geschenkt hat. Erst später mußten wir erfahren, daß Verwandte und Träger unserer biederen bayrischen Namen in der vorangegangenen Ära eine schreckliche Rolle gespielt hatten. Ältere Brüder der Petriner Mitschüler begannen damals in der VÖEST zu arbeiten, das Mühlviertel nannte man jetzt das »Arbeitskräftereservoir« der Linzer Industrie. Umgeschult und auch ein wenig umerzogen wurden damals die Bauernsöhne. Helm statt Hut. Heute verbringen sie ihre Frühpension im Mühlviertel, ein natürliches Verhältnis zum Land haben sie natürlich nicht mehr, bestenfalls ein sentimentales und nostalgisches, wie man an den im Flur aufgehängten Dreschflegeln und den im Garten stehenden, mit Blumen bepflanzten Scheibtruhen sehen kann.
Stadtluft macht frei, hieß ein altes Sprichwort. Es klingt angesichts unserer Städte und ihrer Luft heute fast makaber, ein wenig nach Freitod. Die Nachfolger meines Chemielehrers aber haben in Linz viel Arbeit bekommen, denn die Luft ist dort

wie überall zur großen Erzieherin der Menschen geworden. Nicht wenige Laboranten leben nicht nur von, sondern auch für die Luft. Es rächt sich, daß man lange auf das Selbstverständliche nicht geachtet hat. »Das ist gar ein wind«, heißt es immer wieder in alten Dichtungen, wenn etwas schlechtgemacht werden soll. Lange aber wird es nicht mehr dauern, daß wir den Satz: Du bist für mich Luft, für die liebste Liebeserklärung halten werden.

Mundart

»Wien endlich, ein neues Babel, wo im buntesten Gemische alle Mundarten durcheinander gesprochen werden, zeigt bei den gemeinsten Klassen mehr Lascives als Eigenthümliches, mehr Derbes als Bemerkenswerthes. Hier machen sich die unteren Stände, besonders aber der niedrigste Pöbel eigene Wörter und Ausdrücke, welche dem Ausdrucke nach schon alle Sittlichkeit beleidigen.«
So steht es in der »Vorerinnerung« zu Ignaz Julius Castellis »Wörterbuch der Mundart in Österreich unter der Enns«, Wien 1847 (In Commission bei Tendler und Compagnie). Ich bewahre ein Exemplar des Castelli, das ich in Deutschland einmal antiquarisch in meinen Besitz bringen konnte, als eine Kostbarkeit meiner Wörterbuchbibliothek auf. Denn kostbar und köstlich liest sich dieses

Wörterbuch, das zehn Jahre nach Andreas Schmellers Bayerischem Wörterbuch (1827—37) geschrieben wurde, von dem es aber nichts weiß und gelernt hat. Und es ist nicht nur die Pionierleistung auf dem Gebiet der österreichischen »Idiotika«, die mich freut, es amüsieren einen auch seine Irrtümer und wissenschaftlichen Gewalttätigkeiten. Es ist in der Wissenschaft nicht anders als im Leben, wo Menschen mit merkwürdigen Fehlern, ja Lastern, interessanter und anziehender sein können als langweilige Tugendbolde. Wissenschaftlich gesehen aber sind kleine Kühnheiten und Spekulationen anregender als platte, korrekte Banalitäten. Und wenn jemand im Jahre 1847, und das bedeutet aus dem Stand, nahezu aus dem Nichts, ein niederösterreichisches Idiotikum schreibt, dann mag man ihm gern verzeihen, wenn er das Niederösterreichische zum Alemannischen rechnet. »Die österreichische Volks-Mundart ist eine Tochter der oberdeutschen (alemannischen) Sprache.« Und sich auf Notkers Psalmen beruft ... Nicht nur von sprachgeschichtlichem, sondern auch von sittengeschichtlichem und allgemeinem historischen Interesse sind Castellis stadtkritische und wienfeindliche Äußerungen, vor allem über das sogenannte »Jenische«, die Wiener Gaunersprache: »Es hat hiermit eine ganz eigene Bewandtniß: Es existirten nämlich vor vielen Jahren viele schlechte Wirthshäuser in Wien, in welchen man leichtfertige Dirnen hielt, um junge Bursche anzuziehen, in welchen auch getanzt wurde. In diesen Kneipen herrschte eine eigene Sprache, welche man die jenische nannte — und deren man sich bediente, um nicht von Jedermann verstanden zu werden und daher die Gaunerei ungehinderter treiben zu können ... Diese jenische Sprache hat sich mit den Orten, wo sie gesprochen wurde, und welche zur Ehre der Menschheit abgeschafft wurden, fast gänzlich verloren, und nur einzelne Wörter haben sich im Munde des gemeinsten Pöbels erhalten.«

Es mußten sich somit noch viele Ebel lichten (wie der *Nebel* bei uns einmal hieß) bis herauf zu Peter Wehle (Rotwelsch) und den wissenschaftlichen Arbeiten von Peter Wiesinger und seiner Wiener Schule über das österreichische Deutsch. Und es gab in der Zwischenzeit ja mindestens eine Periode, in der der »wissenschaftliche« Irrtum zur politischen Methode und zur Institution erhoben wurde. Es soll uns auch nicht bekümmern, wenn nach den Zahlen Peter Wiesingers nur null Komma vier Prozent unseres Wortschatzes wirklich autochthon, also österreichischer Eigen- und Alleinbesitz (Kennwörter) sind. Wir sind Miteigentümer am deutschen Eigentum. Genieren muß man sich deshalb sicher nicht. Schließlich genieren sich auch die Amerikaner nicht, obwohl sie erwiesenermaßen kein Oxford-Englisch sprechen. Immer wundert mich, daß sich Margret Thatcher und Ronald Reagan so gut verstehen ... Sie sprechen ohne Dolmetscher miteinander! Auf der Sprache jedenfalls, auf den Ribiseln sollten wir unser Nationalbewußtsein nicht aufbauen wollen, das Schlagobers wäre ein weiches Fundament. Da könnten wir uns nur *verkühlen.* Am österreichischen Patriotismus aber soll sich deshalb keiner irre machen lassen. Um eine Parole der katholischen Jugend von seinerzeit zu memorieren: In unserer Liebe zu Österreich soll uns niemand übertreffen. Und Wien, füge ich hinzu. Ich will dies als ein in Kärnten lebender gebürtiger Oberösterreicher klarstellen.

Musik

Wie andere Ministranten und Bauernsöhne auch wollte ich erstens das Orgelspielen lernen und zweitens Papst werden. Kinder sind nicht eben bescheiden in ihren Berufswünschen, sie drängen nach vorne und oben. Ihnen schwebt der Pilot vor, sie haben einen Zug zum Lokomotivführer. Von den Eltern und Erziehern aber werden sie aus ihren Träumen und den Führerhäusern herausgerissen, von den Kirchen- und Pilotenkanzeln heruntergeholt, ihrer Kapitänsuniformen entkleidet. Den Oberhäuptern wird der Kopf zurechtgerückt. Und bald merken auch die Kleinen, daß dies alles nicht — oder nur im Fasching — gespielt wird, vorgespielt und vorgegaukelt ...

Vor den Preis haben die Götter den Schweiß gesetzt, heißt es. Per aspera ad astra, lernten wir im Lateinunterricht des Kollegium Petrinum in Urfahr. »Durch das Harte zu den Sternen.« Das hieß: Man nähert sich der Orgel über das Klavier, so wie man sich dem Bischofs- und Papstamt vom Priestertum her nähert, vom Novizen zum Virtuosen. Vor der Traktur die Klaviatur. Mein Drang zur »Königin der Instrumente« war indessen so stark, daß ich selbst diesen Umweg gehen und die Tortur der Exerzitien an diesem für mich unattraktiven Instrument auf mich nehmen wollte. War es mir aber auch ernst, so erwies sich die Wirklichkeit, die unendliche Einsamkeit der Übungsstunden, mehr als der eigentliche Unterricht als zu traurig und zu frustrierend. Da saß man also eine geschlagene Stunde lang mutterseelenallein in einem schmalen, hohen und abstellkammerähnlichen Raum und sollte sich eigenverantwortlich beschäftigen und selbständig hantieren. Einmal sah ein vorbeikommender Präfekt vom Gang zu mir herein, weil er sich offensichtlich über meine enharmonischen Verwechslungen wunderte. Ich erfüllte nämlich nicht die Aufgaben der Klavierschule, sondern eigene selbstgestellte, die sich an unmusikalischen Gesichtspunkten, etwa der Tastenfarbe, oder — auf meinen Körper hin bezogen — solchen der Isometrie und Gymnastik orientierten. Die Klaviere des Petrinums erschienen Ende der vierziger Jahre außerdem ganz wie ein Teil jenes sonst in den Übungszimmern angesammelten und aufgehäuften Gerümpels. Im Winter waren die Klavierzimmer zudem nicht gerade wohl temperiert. Die Flügel waren vom Krieg und der Besatzungszeit gezeichnet, einige waren mehr als invalid, schon moribund. Kurz vorher hatten nämlich noch die Russen auf diese Instrumente eingeschlagen, und die Instrumente litten jetzt noch unter den wilden Chorowodys und Tschastuschkis. Die Pedale hatten sie nicht nur mit Füßen, sondern auch mit Stiefeln getreten. Man hatte die Klaviere nach dem Zusammenbruch zwar notdürftig geflickt und »wiederaufgebaut«, zu einer Generalsanierung aber fehlte damals das Geld. Die Menschen hatten andere Sorgen. (Immer dann aber, wenn die Menschen Sorgen und andere Sorgen haben, wächst andererseits auch die Sehnsucht nach der Kunst, besonders der Musik und insbesondere der »musica sacra« ...) Die vergewaltigten Klaviere des Mühlviertels waren immer noch über die Russen verstimmt. Während aber die Russen im Petrinum hausten, spielten die Amerikaner im Kaisersaal des Stiftes St. Florian Tennis, wie man an den in den Boden eingeritzten Grundlinien heute noch sehen kann. Die Völker sind zu manchem fähig, im Guten und im weniger Guten — und im Bösen auch. Dafür kann auch das kleine Völkchen der Landler, der Oberösterreicher als Beispiel dienen. Fischlham liegt neben Lambach, Ansfelden unweit Mauthausen, und

das Land hat nicht nur Anton Bruckner hervorgebracht! Es fehlen nicht die dunklen Töne und auch die gräßlichen Mißtöne in der Symphonie des Landes der Vierkanter. Wir Zöglinge wußten natürlich nicht, warum die Zeit den Klavieren so übel mitgespielt hatte.
So blieb die Musik in meinem Leben bloß ein Intermezzo, das Klavier ein Gastspiel. Ich kam nicht auf die Orgel, das Klavier bewahrte sie vor mir. Noch heute aber erinnere ich mich an das Loblied auf die Orgel, das mir der Organist unserer Heimatpfarre gesungen hatte. Er sprach wirklich in den höchsten Tönen von ihr, pleno organo. Die Orgel sei nicht bloß ein Instrument, sondern ein ganzes Orchester. Er zog alle Register, wenn er von seinem Liebling schwärmte, in dem Musik stecke. Non solum instrumentum, sed instrumentarium, sagte er. Solche Wortspiele also konnte damals ein alter Lehrer im Gespräch mit einem Schüler verwenden. Die Orgel, hieß es, ist ein Instrument der Stärke, der Kraft und der Herrlichkeit gewissermaßen, sie kann heftig und laut sein und nicht nur Kirchenfenster zum Zittern bringen und das Fürchten lehren. Ist sie aber leise und zärtlich, so nicht aus Schwäche und Tonlosigkeit, sondern vor dem Hintergrund ihrer Potenz und Vitalität. Zu seiner eigentlichen Form läuft das Aerophon in meinen Augen denn auch erst im Hymnus und Lobpreis des Heiligen auf, wenn es etwa im TE DEUM den Herrgott hochleben läßt,

wenn es im Jubel des TANTUM ERGO SACRAMENTUM den Dank der Kreatur für Jesus, den Christus, ausdrückt, sozusagen herauspreßt. Die Orgel rühmt des Ewigen Ehre, ihr Schall pflanzt seinen Namen fort. PANGE LINGUA GLORIOSI CORPORIS MYSTERIUM. Preise Orgel das Geheimnis dieses Leibs voll Herrlichkeit.

Mythos des Organisten! Er wurde auch dadurch nicht geschmälert, daß der Organist damals noch einen Mann brauchte, der ihm die Orgel »aufzog« oder »trat«, einen Hilfsarbeiter also, der die Orgel »inspirierte«, so wie auch die Esse in der Schmiede angeblasen und »angefeuert« wurde. Der Organist erobert seine Hörer im Sturm. Oft habe ich den Mechanismus des Magazinbalgs bestaunt, der Luft in Reserve hielt, sodaß der »Kalkant«, wie der Herr der Winde mit einem Fremdwort genannt wurde, zusehen und zuhören konnte, was der »Spielmann Gottes« vollbrachte, bis sich das Stäbchen der Luftanzeige dem rot markierten, kritischen Punkt näherte. Peter Rosegger schreibt in seiner Weihnachtsgeschichte »Als ich Christtagsfreude holen ging«, daß er vor dem Einkauf beim Krämer in der Langenwanger Kirche die Orgel molk. Die Orgel *melken!* So spricht ein Bauernbub — und ein Dichter. Die Musik aber ist die Milch, die dem Instrument entströmt. Sie nährt uns, versorgt uns mit allen lebenswichtigen Nährstoffen und Vitaminen. Orgelmusik kann wie ein opulentes Mahl sein, kennt aber auch den Reiz des Frugalen und den Tiefenrausch des Fastens, der Enthaltsamkeit und der Askese. Wie mit der Luft muß der Organist aber auch mit den Genuß- und Lebensmitteln der Seele, dem Vorrat an Gefühl und Gemüt, dem Wein der Freude und dem Essig der Trauer aus dem Keller des Unterbewußtseins haushälterisch umgehen. Von mir aus gesprochen gleicht der Organist auch dem Apotheker vor seinen vielen Fächern und Laden. Statt Natrium, Calcium und Magnesium und den Tinkturen aber heißen die Heil- und Hilfsmittel des Organisten Zimbel, Sesquialtera, Kornett, Scharf, Mixtur.

Die Orgel ist vor allem ein Kircheninstrument. Sie begleitet den Chor oder den Gemeindegesang, sie hält den Ton, wenn etwa die Frauen zu hoch und die Männer zu tief singen. Die Orgel reguliert aber nicht nur die Melodie, das Auf und Ab, sondern auch das Tempo und die Tempi. Manche sind gern ein wenig voraus, andere hinken nach, die Orgel aber taktiert und diszipliniert die Taktlosen. Erst wenn dieser demütige und ein wenig demütigende Gemeindedienst absolviert ist, kann der Organist in Postludien und freier Improvisation zeigen, wozu er eigentlich imstande ist. Nachdem sich aber auch Bach für den Kirchendienst des Akkompagnierens nicht zu schade war, fällt wohl auch sonst keinem Organisten eine Pfeife aus dem Prospekt, wenn er ihn auf sich nimmt. Erst zum Auszug der Geistlichkeit und zum allgemeinen Exodus des Volkes trumpft die Orgel gehörig auf, als hätte sie sich nun endlich ihrer Pflicht entledigt und könne zur Kür übergehen. Nach der »Provisation« die Improvisation, nach dem Vorhersehbaren und Vorgesehenen das Unvorhergesehene und Unverhoffte, wenn auch nach den Regeln des Organums Organisierte.

Für Prozessionen stand eine kleine Tragorgel bereit, ein Ambulatorium gewissermaßen für den Umgang, und man könnte das Hinaustragen dieses Portabiles aus der Kirche als den ersten Schritt zur Säkularisation der Orgel ansehen. So wurde die Orgel weltlich, bevor sie in der sogenannten Heimorgel überhaupt zu einem Allerweltsinstrument geworden ist. Zuletzt hat sich die Orgel auch im Konzertsaal und in Rundfunkgebäuden, den großen Sendesälen, festgesetzt, wie ja der Rundfunk selbst oft als »die größte Orgel des Landes« bezeichnet wird.

Die Patronin der Orgel und der Sänger ist die heilige Cäcilia. Ihre Hagiographie ist voller Widersprüche, ja fast eine einzige Legende. So war sie denn bei der vom 2. Vatikanischen Konzil unternommenen Durchforstung des Heiligenkalenders in äußerster Gefahr. »Wegen der frommen Verehrung des Volkes« entging sie der Streichung. »Gegen Ende des Mittelalters avancierte unsere Heilige zur mächtigen Gruppe der ›Nothelfer‹ und wurde durch einen unschuldigen Übersetzungsfehler, wonach sie bei ihrer Hochzeit selbst die Orgel spielte, zur respektierten Patronin der Kirchenmusik«, schreibt Peter Manns. An anderer Stelle lese ich: »Vielleicht ist keine Schutzpatronin der Welt zu ihrem Amt unschuldiger gekommen als Cäcilia. Sie kam dazu, weil sie«, bei ihrer Hochzeit mit dem Heiden Valerian, »auf die Musik nicht achtete, ihre Gedanken davon abwandte, mit etwas Höherem beschäftigt, sich von ihren Reizen nicht verführen ließ.« So hatte auch Raffael sie bekanntlich gemalt: »Indem die Heilige die Orgel senkt, zu den übrigen am Boden liegenden, verworfenen Instrumenten fallen läßt, anerkennt sie die Ohnmacht aller sinnlichen Wahrnehmung wahrnehmbarer Musik vor jener absoluten Musik, die keines Menschen Ohr je vernommen, die im Musizieren nur Engeln, im Hören nur Heiligen zugänglich ist«, schreibt Willibald Gurlitt. »Für den Geschmack des modernen Lesers mag die Legende bei der Schilderung Cäcilias zu sehr deren Jungfräulichkeit [...] betont haben.« (Peter Manns) Es ist also der »heilige Egoismus« und die »Versessenheit« auf intakte Integrität und Virginität, die uns ein wenig verständnislos zurücklassen. Wir haben nicht mehr das absolute Gehör und den unbedingten Gehorsam der Heiligen. Unsere Situation ist in einem alten Sprichwort pointiert auf den Punkt gebracht: Wir spielen die Orgel vor der Messe. Die Orgel vor der Messe spielen. Matrimonium consumptum ... Und viele spielen heute die Orgel nicht vor, sondern ohne die Messe. Organum consumptum. Punctum, contrapunctum.

Ostern

Das Staatsexamen für Deutschlehrer im Saarland bestand seinerzeit aus fünf Teilen, einer Übersetzung aus dem Mittelhochdeutschen, einer grammatischen und einer metrischen Analyse, einem wissenschaftlichen Aufsatz und den sogenannten Worterklärungen. Sicher an die hundertmal habe ich als Assistent die Fragen zusammenstellen geholfen und dann auch die Vorkorrektur gemacht. Es gab zu Punkt 5 einen Katalog von wiederkehrenden Wörtern, von denen die Kandidaten jeweils 3 etymologisch beschreiben mußten. *Ostern* stand dabei an erster Stelle. *Ostern, Dienstag, Ziegel* bekam der eine, der andere *Samstag, Kirche, Fronleichnam* und wieder jemand *Donnerstag, Fenster, Weihnachten.* Wer nach Ostern gefragt wurde, hatte gewissermaßen Pech, denn Ostern ist ein sprachgeschichtlicher Problemfall, Weihnachten ist dagegen leicht, sozusagen ein Kinderspiel. Aber jeder Lehrer weiß, daß er selbst auf die größten Rätsel und die unbeantwortbaren Fragen der Menschheitsgeschichte bündige Antworten erhält, wenn er sie einem Prüfling vorlegt. Auch das, was wir nicht wissen können, wird von Kandidaten gewußt. Not macht erfinderisch, heißt ein Sprichwort, als Kandidat aber gibt man sich keine Blöße, sondern löst die gestellten Aufgaben, man wird seiner Rolle gerecht. Ein anderes Sprichwort heißt: In der Not frißt der Teufel Fliegen. In der

Prüfungsnot erklärt der Kandidat Ostern auf Teufelkommraus, und sei es volksetymologisch und populärwissenschaftlich. An verblüffenden Antworten gab es keinen Mangel. Und so löste mancher die Osterfrage dank einer urplötzlichen Erleuchtung und Eingebung wie mit dem Osterei des Kolumbus ... Geniestreiche sind mir in Erinnerung, und die von uns hinterhältig und knifflig geschürzten Knoten hat mancher gordisch durchhauen. Dabei konnte die Nähe zu den *Austern*, die Himmelsrichtung *Osten* oder sonst eine kühne Assoziation (O Stern!) eine Rolle spielen, und schon wurde Ostern zu einem einfachen Spaziergang ...

Jacob Grimm führte den Namen bekanntlich auf eine germanische Göttin Ostara und deren Frühlingsfest zurück. Er stützte sich dabei auf eine Mitteilung des Beda Venerabilis, der in »De temporum ratione« von einer altenglischen Göttin Eostara spricht. So wurde Ostara erschlossen. Eine heidnische Göttin macht sich natürlich immer gut, wenn gerade diese schon ein wenig den Eindruck einer im wissenschaftlichen Schaum Geborenen erzeugt. Im Examen freilich verdichteten sich Vermutungen zu felsenfesten Gewißheiten. Und päpstlicher als der Papst, grimmiger als Grimm mußte der Kandidat ja nun auch nicht sein.

Ja, vieles hat sich geändert. Alle heiligen Zeiten darf man diese Binsenweisheit einmal wiederholen. Verändert hat sich nicht nur das Staatsexamen. Die etymologischen Fragen sind nicht gelöst, aber weggefallen. Hier in Ostarrichi gibt es im Zweitfach überhaupt keine Abschlußprüfung mehr und auch für das Hauptfach oder erste Fach nur noch eine einstündige mündliche Prüfung. Wer aber fragt, ob's denn nicht ein bißchen mehr sein darf, wird schnell als Prüfungsverschärfer angeprangert und gegeißelt. Meine alten Lehrer der Altgermanistik sind emeritiert oder gestorben. Nach uns, ihren Schülern, wird man wahrscheinlich das ganze Fach emeritieren. Und ist Ostern denn noch Ostern? Das muß jeder für sich beantworten. Osterbeichte!

Im vorigen Jahr versuchte ich, meinen Buben den liebsten Osterbrauch meiner Kindheit beizubringen. Man verkrallt zwei Rechen ineinander und läßt auf den parallel nach unten geneigten, wenige Zentimeter voneinander entfernten Stielen Ostereier zu Boden rollen. Wessen Ei am ruhigsten und weitesten läuft, der hat gewonnen und bekommt das Ei des anderen. Stundenlang und ausdauernd haben wir das betrieben. Meine Söhne aber fanden diesen Sport nicht gerade zum Zerkugeln. Bald zog es sie zum Fernsehen. In Übereinstimmung mit dem Kirchenjahr hatte das Fernsehen einen Louis-de-Funès-Film ins Nachmittagsprogramm genommen. Vielleicht kam mein Mißerfolg aber auch daher, daß man mit Aluminiumrechen das Spiel nicht richtig ausführen konnte.

Früher hatte jede Woche ihren *Pfingstag*. So nämlich hieß in Bayern und in Österreich der Donnerstag. Der Dienstag hieß *Ertag*. Ich habe die beiden alten »bairischen Kennwörter«, wie sie Eberhard Kranzmayer nannte, noch gut im oberösterreichischen Ohr. Oft hat mein Vater den Bauern an der Mühle das Mehl für den *Ertag* oder den *Pfinztag* (wie Andreas Schmeller im »Bayerischen Wörterbuch« 1872 lemmatisiert) versprochen, ohne daß er wie sein studierter Sohn gewußt hätte, daß er aus dem Griechischen kommende, auf dem Weg über das Gotische ins Deutsche gelangte Fremd- oder Lehnwörter verwendete, von denen das eine auf Ares, den Kriegsgott, das andere auf kirchengriechisch *pempte* oder *pente,* »fünf«, zurückgeht.

Als ich 1957 zum Studium nach Wien kam, dachte ich nie, dort »unten« wissenschaftliche Sympathisanten der Bauernwelt und ihrer Sprache zu treffen. Auch konnte ich mir nicht vorstellen, daß die Sprachwissenschaft der Aussprache der Mundarten Herr werden könnte. Ich wurde aber bald eines Besseren und des Transkriptionssystems der Teuthonista, der »Zeitschrift für Mundartforschung«, belehrt, und bald konnte uns kein Triphthong zu verzwickt sein, daß wir ihn auf den mit Professor Kranzmayer unternommenen Kundfahrten nicht aufgeschrieben hätten. Schon in der Volksschule hatte ich eine gewisse Freude am schriftsprachlichen Hochdeutschen, und da unsere Haussprache und das schulische Schriftdeutsch, das auch nicht gerade bühnensprachlich und burgtheatralisch war, sehr weit auseinanderlagen, darf ich mich in diesem Sinn als zweisprachig aufgewachsen bezeichnen.

Gerade lese ich in den Zeitungen von einem zwanzigjährigen Wiener, der ein sogenanntes »abscheuliches Verbrechen« begangen hat. Und es heißt in einem Bericht, daß sich die polizeilichen Ermittlungen in der entsprechenden Mordsache deshalb sehr schwierig gestalteten, weil der Delinquent »praktisch kein Wort Hochdeutsch« versteht. Fragt sich bloß, ob denn die Wiener Polizei das Wienerische nicht mehr beherrscht. Hochdeutsch, Wienerisch und Gaunersprache, diese drei Idiome sollte ein Mann der Exekutive doch wohl können. Mich erinnert dieser Fall an jene Geschichte, in der ein Doppelmörder, aber einfacher Mensch, vor dem Richter hartnäckig schweigt und nichts einbekennt, bis sich der Staatsanwalt in der Babysprache an den Gesetzesbrecher wendet und ihn vertrauensvoll fragt: Du Menneken kaputt gemacht?, worauf der Täter geradezu erleichtert antwortet: Ja, zwei Stick!

Pfingsten ist eigentlich ein sehr nüchternes Wort, eine Ordinalzahl, es bedeutet den fünfzigsten Tag (nach Ostern), es bestimmt und definiert sich durch seinen Abstand von einem anderen Fest.

Pfingsten hat sich aber gründlich emanzipiert, das kirchliche Hochfest, der Termin des Königs Artus, das »liebliche Fest« Goethes ...
Jährlich freue ich mich auf die Pfingstperikope (um es ganz griechisch zu sagen) vom Mundartenwunder: »Sind sie denn nicht alle Galiläer, die da reden. Wie kommt es, daß wir sie alle in unserer Muttersprache hören, wir Parther, Meder und Elamiter, Bewohner von Mesopotamien, Judäa und Kappadozien, Pontus und Asien, Phrygien und Pamphylien, Ägypten, Kyrene und Libyen, Römer, Juden und Proselyten, Kreter und Araber ...« Wie groß klingt im Kontext der urkirchlichen Universalität diese litaneiartige Aufzählung von Völkern und Stämmen! *Pfingsten* aber ist ein Beispiel dafür, wie weit es sogar ein bloßes Zahlwort bringen kann. Damit konnte man nicht rechnen. Der Geist weht wo er will.

Provinz

Rom, Latium, Italien und die Provinzen, das hat eine Richtung, vom Zentrum zur Peripherie. Es bleibt aber nicht bei der Geographie, bald kommt es zur Gleichsetzung von *entlegen* und *rückständig, hinterwäldlerisch.* Liegt dies daran, daß man die abgelegenen Gegenden nur ungenau kennt, wie man an der »Außenperspektive« des Tacitus (Germania) ersieht, oder ganz einfach daran, daß

in der Metropole die Richtgrößen und Koordinaten angegeben und vorgegeben werden, mit deren Hilfe das Land vermessen wird? Groß aber ist das Unverständnis der Kolonialisten, und ganze Kontinente hat man um ihre Identität gebracht, oder sagen wir lieber: ihr Eigenstes.
Mir machen aus provinzieller Sympathie ganz besonders jene Menschen Eindruck, die sich gegen den Imperialismus der Hauptstädte behauptet haben. Und so möchte ich über die letzten zwei Jahrtausende zurück einen Bauernsohn aus Andes bei Mantua ganz besonders ehrerbietig grüßen: Ave Vergil! Das Lexikon der Antike (Der Kleine Pauly) spricht von einem Völkergemisch, das um Mantua gesiedelt habe. Der Name Vergil sei von Haus aus etruskisch, die Römer aber haben ihn später volksetymologisch mit *virga* in Zusammenhang gebracht, er mag ihnen also so ähnlich geklungen haben wie *Zweig,* oder noch genauer: *Weidinger.* Es muß ein sonderbarer Dialekt gewesen sein, den Vergil in seinem Vaterhaus gelernt und gesprochen hat, ein römisches Latein war es bestimmt nicht. Das dürfte er erst später in Mailand, Rom und Neapel gelernt haben, dann aber so gründlich, daß er mit der Aeneis, den Bukolika und den Georgica den lateinischen Maßstab für Jahrtausende gesetzt hat. Hat jetzt eigentlich Rom ihn verändert oder hat er Rom verändert? Beides trifft zu. Die römische Stadtluft hat ihn wohl frei gemacht. Es heißt aber auch, Vergil habe zeitlebens

unbeholfen und bäurisch gewirkt, sein Hauptfehler sei die *verecundia* gewesen, die »Schüchternheit«, sie trug ihm auch den Spitznamen *Parthenias* ein. Nur einmal hat er sich auf einen Prozeß eingelassen, aber als mittelmäßiger Redner nichts erreicht, vielleicht sprach er mit Mantuaner Akzent ... Oder konnte er schlecht *frei* reden, denn die *gebundene* Rede hat er nun sicher wie sonst niemand beherrscht. Er entsprach der Definition eines Schriftstellers als eines Menschen, dem das Schreiben *schwer*fällt. Denn so muß man die Aussage Suetons über den Bauerndichter lesen: »Er pflegte seine Verse nach Art der Bärin zu gebären und sie durch Lecken zu formen.« Das Ergebnis aber ist das Gegenteil von »geschleckt« im urbanen Sinn. In seinem Gedicht über den Landbau, den Georgica, versuchte er, steht im Lexikon, »einem intellektuellen städtischen Publikum das schwere Leben der Bauern und die Ordnung der ländlichen Welt begreiflich zu machen«. Fürwahr kein leichtes Unterfangen. Würdig eines Vergil.

Regen

Stark, heftig, wolkenbruchartig, dünn, fein, lau, anhaltend und tropisch kann der Regen zum Beispiel laut dem »Deutschen Wörterbuch« des Bibliographischen Instituts sein. Im Vorwort zum 1. Band heißt es: »Das Wörterbuch ist zugleich ein

Spiegelbild unserer Zeit und ihrer gesellschaftlichen Verhältnisse.« Das Vorwort ist mit 1979 datiert. Damit sind wir gerade in jener Zeit, in der der Regen begann, *sauer* zu werden. Oder es wurde den Menschen damals schmerzlich bewußt, daß der Regen sauer geworden war. In Wahrheit war er ja bereits »stocksauer«. Ins Wörterbuch also fand damals der sogenannte *saure* Regen — oder noch gefährlicher: *Säureregen* — nicht Eingang. Es kann dies nur an der Zeit liegen, denn sachlich käme ein solches Attribut jedem Lexikographen gelegen. Die Wörterbuchmacher haben nämlich einen deutlichen Hang zum Unheilvollen, wie auf der anderen Seite zum extrem Positiven. So erscheint bei den sprichwörtlichen Redensarten der *warme* Regen im Sinne des Geldregens, der über einen Menschen niedergeht. Man könnte durchaus von »Extremismus« sprechen: Das Außerordentliche, Spektakuläre und Katastrophale hat die größten Chancen, bei den Beispielen für die Anwendung eines Wortes zum Zug zu kommen. Die Stilistik spricht von »markierten Stellen«. Das sind Stellen der Rede, die einen »Effekt«, also eine Merkwürdigkeit zeigen, etwa eine Figur oder sonst eine Auffälligkeit. Dementsprechend haben auch die bedeutungsschwangeren Epitheta die beste Aussicht, par exemple zitiert zu werden.

Mir persönlich ist damals, in der ersten Hälfte des 8. Jahrzehnts des 20. Jahrhunderts, in Saarbrükken eine Illusion zerbrochen. Saarbrücken war an beiden Seiten, in Brebach-Fechingen und in Burbach, von rauchender Industrie und Hüttenbetrieben flankiert, sodaß die Stadt bei Ost- und Westwind gleicherweise daran erinnert wurde. Nur den Regen, der auf den Saarländischen und den Pfälzer Wald reichlich niederging, hielt ich für den großen Salvator und Purgator, der alles heilt und die Sünden der Menschen wegschwemmt. Doch dann erfuhr man plötzlich, daß der Regen auch nicht mehr der alte war, sondern eben *sauer.* Das hätten damals auch die Duden-Redakteure in Mannheim bemerken können, wenn sie aus der Duden-Redaktion in den Regen hinausgetreten wären und die Zunge herausgestreckt hätten, wenn dies auch nicht die übliche Art der Datengewinnung darstellt.

Auch ich ignoriere heute die Säure des Regens. Ich treibe einen regelrechten Kult mit dem Regenwasser, muß ich mir oft sagen lassen. Tatsächlich habe ich mir an zwei Stellen der Abflußrohre der Dachrinnen Wasserfänger einbauen lassen. Ich habe mich zu einem Wassersammler entwickelt, der Wasser auch hortet, oft bis es brackig wird. Wasche ich etwa den Hof auf, so verbrauche ich nicht »das kostbare Naß« aus dem 70 Meter tiefen Brunnen, sondern greife auf meine Regenwasserreserven in den Trögen zurück. Gern stehe ich bei Regen auch an einem der vom Spengler kunstvoll hergestellten Wasserspender und betrachte mit

Wohlgefallen den Schwall, der durch diese ins Rohr ragende Schaufel oder Zunge zutage gefördert wird. Durch die Wasserstände in den »Grandern« weiß ich nun auch immer exakt über die Niederschlagsmengen Bescheid und kann manche umgangssprachlich ungenaue Äußerung über das Wetter bei meinen Mitmenschen richtigstellen. Manchmal wünschte ich mir ein altrömisches Atriumhaus mit einem »Impluvium«, einem freien Innenhof, in den der Himmel schaut und der Regen fällt. Beim Fernsehen wird mir neuerdings immer geradezu blitzschnell todlangweilig, das ist praktisch programmunabhängig, hängt wohl mehr mit meinem Alter zusammen. Hätte ich keine familiären Rücksichten zu nehmen, so würde ich den Apparat zu einem Aquarium umbauen. In den Regen des Impluviums hinaussehen würde ich jedenfalls gern. Überhaupt wenn er nicht sauer wäre.

Romulus

Der Romulus-Expreß verbindet Wien mit Rom, um es mit dem gehörigen Respekt vor der Ewigen Stadt zu sagen, *verbindet Rom mit Wien* wäre distanzlos in meinen Augen, Termini mit dem Südbahnhof, wenn man so will.
Romulus ist mit seinem Bruder Remus der sagenhafte Gründer Roms. In der Bezeichnung *Romulus* dominiert, »prävaliert« aber im heutigen

Sprachbewußtsein *Rom,* sodaß der Expreß-Name weniger als eine Verbeugung vor dem großen sagenhaften Initiator, sondern mehr als eine Rom-Ableitung verstanden wird. Der *Romulus* ist der »Zug nach Rom«, der *Römer* oder *Römling* der Schienen. Es ist ähnlich wie mit dem Familiennamen *Österreicher.* Trifft man einen *Österreicher,* wird man auch nicht annehmen, nach ihm sei Österreich benannt und man habe den Staatsgründer vor sich. Städtenamen nach Personennamen sind immer problematisch, wie man an *Petersburg* und *Stalingrad* ersehen kann. Mythische und mythologische Gestalten sind natürlich unbedenklicher als historische.

Der *Romulus* verbindet auch Klagenfurt, meinen Standpunkt, mit Rom. Für jemanden, der einen besonderen Hang und eine Neigung zum Lateinischen hat, besitzt ein solcher Zug selbstverständlich eine besondere Zugkraft, wenn diese Bedeutung auch mehr im Ideellen liegt, da ich mit dem Romulus nur selten und viel öfter mit dem »konträren« Zug, dem »Gegenzug«, dem teutonischen »Wörthersee-Expreß« zu Germanistenveranstaltungen Richtung Dortmund unterwegs bin. Meine ultramontane Romaphilie hat überhaupt einen etwas theoretischen Zug, da etwa meine Italienischkenntnisse über *È vietato sporgersi* und andere Befehle wie *durante le fermate,* die Toilette nicht zu benutzen, nicht viel hinausreichen. Das betrifft natürlich das Praktische der Konversation, philologisch und etymologisch kann ich viele italienische Wörter entschlüsseln. Dieser philologische Zugang zu den romanischen Sprachen findet aber seine Grenze und sein Ende an der Idiomatik und bei den Redewendungen, der »Kollokation«, wie es die Sprachwissenschaft nennt. Ein Philologe nimmt das einzelne Wort in einer Phrase bekanntlich zu gewichtig und zu wichtig, so verschließt sich ihm der Sinn des größeren Zusammenhangs. Und es ist gerade der Respekt vor fremden Sprachen und die Perfektionssucht, die den theoretischen Philologen daran hindert, ein Konversateur und Causeur in fremden Idiomen zu werden. Man muß bekanntlich auch ein Schelm sein, um den Sound der Fremdsprache nachzuahmen. Und immer hat man das Bild eines Menschen vor Augen, der viele Sprachen spricht, aber in keiner etwas zu sagen hat. Er ist ein wahrer Mezzofant, sagte man früher, nach dem Kardinal Giuseppe Mezzofanti (1774—1849). Meine Rom-Liebe habe ich als Sechzehnjähriger, als ich mit einem Freund mit dem Fahrrad nach Rom fuhr, wohl ein für allemal unter Beweis gestellt. Das ist lange her. Das ist schon nicht mehr wahr, sagt der ahistorische Unverstand gern in einem solchen Fall. Käme in den kommenden Jahren einer meiner Söhne mit einem solchen Ansinnen zu mir, so würde ich ihm ein ähnliches Abenteuer strikt verbieten. È pericoloso. È vietato. Duro, duro, rief uns seinerzeit ein lachender Schafhirt zu, als er uns

die due biciclette den Passo di Raticosa hinaufschieben sah …
Die Interrailjugend von heute kommt wohl kaum auf eine so ausgefallene Idee. Einen Ausflug oder besser eine Aus*fahrt* mit dem Romulus nach Rom oder *dem Akropolis* nach Athen zu finanzieren, bin ich jederzeit bereit. Dann werde ich pünktlich am Klagenfurter Bahnhof sein und die Rückkehr meiner Buben erwarten. Der Romulus aber wird wohl auch dann wie immer unpünktlich sein und wegen eines Eisenbahnerstreiks in Italien voraussichtlich Verspätung haben, und meine Italienliebe wird mich nicht daran hindern, mich über die italienischen Zustände zu ärgern. Auch Rom wurde nicht an einem Tag erbaut. Kennst du das Land, wo die Gewerkschaften blühn?
Schon einmal habe ich mit Romanen, den Franzosen in diesem Fall, in Tuchfühlung gelebt, in Saarbrücken nämlich, ohne ein profunder Romanist geworden zu sein. Was ich denn eigentlich in Frankreich getan habe, fragte mich mein Ältester schon einmal. Schnecken gegessen und gelebt wie Gott in Frankreich, erwiderte meine Frau für mich gegen mich. Gelebt wie ein Assistent im Saarland, korrigierte ich. Ich erinnere mich übrigens an den hervorragenden Romanisten und liebenswerten Menschen Helmut Stimm, der das Französische ja auch und vor allem das Altfranzösische philologisch perfekt beherrschte, dessen gesprochenes Französisch aber nicht ganz den »badensischen«

Hintergrund seines Sprechers und seiner Herkunft aus Ludwigshafen verleugnen konnte, worüber sich einige Dolmetschstudenten mokierten, die ihr Frankreichjahr gerade beendet hatten und nun ihr angestammtes Rhein- oder Moselfränkisch mit französischem Accent, sprich aksã, aussprachen. Auch Vorlesungen des Emeritus Ernst Gamillscheg, des Lehrers Stimms, über die Romania germanica habe ich an der Universitas Saraviensis noch gehört. Ob Kissingeramerikanisch oder Stimmfranzösisch, gern hätte mancher so viel zu sagen und zu vermelden wie Henry Kissinger. Und liebend gern würde ich wie Stimm — sozusagen *stimmig* oder *stimmlich* oder *stimmisch* — im Chor der Provençalisten ein wissenschaftliches Wörtchen mitreden. Aber daraus wird nichts mehr. Bequem, wie ich bin, löse ich mir eine Fahrkarte erster Klasse und fahre mit dem Mozart nach Strasbourg (sprich Straßburg) oder Paris (sprich pa'ri). Im übrigen halte ich mein Schulfranzösisch zurück. Ich nicht öffne die Tür einen Schritt vor dem Halt des Zuges.

Salz

Meine Mutter, zuständig unter vielem anderen für das Gewürz in der Bäckerei meines Vaters, hat in ihrem Alter manchmal auf Salz, Anis, Fenchel und Kümmel vergessen, einige Male aber auch irrtümlich zweimal beigemengt. So gab es das eine Mal ungesäuerte und das andere Mal *über*säuerte Brote — und viele Beschwerden von sozusagen *sauren* Kunden. Dafür wollten sie nicht ihr sauer verdientes Geld hergeben. Der Teig braucht zur richtigen Zeit das rechte Quantum Salz, im nachhinein ist der Fehler des Fehlens nicht mehr auszubessern. War aber das Unglück wieder einmal geschehen, so ging es meinem Vater wie dem von ihm geliebten, kräftig gesalzenen Bierrettich, er hätte weinen können, er verzog das Gesicht, als hätte er in eine Zitrone gebissen ... Ein anderer, wenn auch nicht so schwerwiegender Grund, mit der Mutter unzufrieden zu sein, bestand für meinen Vater darin, daß sie den Salat manchmal nach ihrem eigenen Geschmack und ihrer persönlichen Vorliebe nicht nur gesalzen, sondern auch gezuckert hatte. Dem Vater und den Brüdern konnte nichts zu bitter, zu scharf und zu sauer sein, die Mutter und die Schwestern aber verdünnten und streckten den Essig mit Wasser und hielten sich mehr auf die andere Seite, wie es wohl in den meisten Familien eine saure und eine süße Partei gibt, ohne daß die Teilung immer nach dem Geschlecht ausfallen wird.

Beschreiben läßt sich der Geschmack des Salzigen nicht, er ist buchstäblich unbeschreiblich. Vor einem gemalten Mahl kann man nicht satt werden, sich daran höchstens satt sehen, ein Früchtestilleben hat keinen Nährwert, Blumenbilder duften nicht. Und doch ist die Analogie die Würze der Kunst, die Synästhesie das Salz der Dichtung, der Vergleich und die Parabel ein Kernstück der Verkündigung. Wir sind das Salz der Erde, heißt es in diesem Sinne, nämlich *uneigentlich* gesprochen. Wir sollten es sein. Doch sind wir *eigentlich* nicht oft wie ein Sodbrennen für die Welt, Sauerampfer, Zwiderwurzen, gewissermaßen, und sozusagen Surfleisch? Oder im anderen Extrem *ödsüß,* wie es in der Mundart heißt? In der Theologie ist die Rede von der »suavitas« Dei, der Süße Gottes, dem »bekömmlichen« Gott. Und gibt er uns auch oft Saures. Gepriesen sei Er für das Geschenk des Salzes und des Glaubens. Und gebeten, daß Er uns die Bitterkeit des Unglaubens erspart. Im Prolog, ja am Anfang des Vorworts des »Parzival« von Wolfram von Eschenbach steht die herbe Erkenntnis: Schleicht sich der Zweifel ins Herz, so kommt dies die Seele sauer an.

Sponsoring

Der *Sponsor* bildet in meinem Fremdwörter-Duden von 1960 kein eigenes Stichwort, er ist lediglich unter *Sponsa,* wie in alten Kirchenbüchern die Braut heißt, eingereiht. Die Bedeutung von *Sponsor* wird mit »Bürge«, die Geltung des Wortes mit (Wirtsch.) angegeben. Der *Sponsor* ist somit jener Mensch, der einem anderen *gutsteht,* wie es in der

Mundart heißt, sich also für ihn verwendet und »verbürgt«. Wenn der Schuldner seine Schulden, etwa bei der Bank, nicht zurückzahlt, greift sich die Bank den »Gutsteher« und bittet den Sponsor zur Kasse. Derjenige, der einem anderen gutsteht, muß selbst solid und liquid sein, in diesem Sinne »gut dastehn«. Wenn der Ernstfall wirklich eingetreten ist, ist mancher »Gutsteher« freilich selbst schon mit umgefallen. Ich erinnere mich noch an die Zeit nach dem Krieg, als die Verhältnisse auf dem Land völlig »transparent« waren und jeder vom anderen genau wußte, wie es (finanziell) mit ihm bestellt war. Kam einer bei dem zuständigen Bauern und Kassenfunktionär in dessen Stube um einen Kredit ein, so konnte es sein, daß der »Banker« sagte, es füge sich gut, sie hätten am Samstag ohnedies eine Sitzung, denn dieser und jener habe auch um einen Kredit gebeten ... Mit Namen war man nicht zurückhaltend, hielt nicht hinter dem Berg mit Summen und tat nicht wie heute geheimnisvoll. »Mysteriös« wurde das Geldgeschäft erst dann, als der Kassenbetrieb nicht mehr von den pensionierten Schuldirektoren am Abend und am Sonntagvormittag in einer kleinen Kammer, sondern von einem hauptamtlichen Mann am hellichten Tag abgewickelt wurde. Der Rechtschreib-Duden von 1973 weiß es bereits besser und vermerkt bei Sponsor auch »Förderer« und »Auftrag-, Geldgeber, bes. für (Werbe)sendungen im Funk und Fernsehen«. Etwas zu selbstlos und idealistisch er-

scheint mir diese Bedeutungsangabe, denn letztlich »sponsern« die Firmen nicht den notleidenden Sport oder gar das notleidende Fernsehen, sondern sich selbst. Diese Sendung widmet sich ... Cui bono, wem zum Nutzen sind Sponsorenverträge? Sie nützen den Gesponserten und den Sponsoren, so ist allen geholfen. Aber gibt es irgendeinen Nutzen für irgend jemanden, der nicht gleichzeitig ein Schaden für jemand anderen ist? Ist nicht jede Protektion zugleich eine Zurücksetzung anderer? Der Steuerzahler ist so ein universeller »Teilhaber«, der längst den Überblick darüber verloren hat, wo er überall als »unterstützendes Mitglied« beteiligt ist. Von den Bundestheatern weiß er es mittlerweile.
Im Fußball spielt also jetzt ein Tiroler Optikunternehmer gegen eine Grazer Bank. Das Ganze endet aber nicht mit dem Konkurs des einen Unternehmens und der Expansion des anderen, sondern bloß 2 zu 2, unentschieden. Manchmal schaut der Optiker aber auch ein, eine Bank zahlt es der anderen heim, die VÖEST-Mannschaft holt sich bei Austria, das heißt Österreich, eine Schraube. Die Anhänger (nicht die Aktionäre) von Rapid sind schnell zur Hand mit der Faust, die Bewunderer von Admira wünschten sich ein Wunderteam. Einmal ging ich in Pichl zu einem Fußballspiel. Dort sah ich die Heimmannschaft mit dem langen Namen meines Bruders, des Müllers, auf den Dressen aufs Feld laufen. Es war schrecklich, diese

zehn Brandstetter (der Tormann war nicht signiert) haushoch verlieren zu sehen.

Stille

Die Römer kannten den sogenannten *Silentiarius*. Das Wörterbuch übersetzt *silentiarius* mit »Stillgebieter« und beschreibt ihn als »einen Sklaven, der im römischen Privathaus darauf zu achten hatte, daß Stille im Haus herrschte und daß niemand von der ganzen Dienerschaft nur das geringste Geräusch machte. Selbst ein Niesen oder Husten wurde sofort mit Stockschlägen bestraft, wie Seneca im 47. Brief an Lucilius schreibt: Mit der Rute unterdrückt man jedes Murmeln ...« Im späteren Kaiserhof war der *silentiarius* ein Kammerherr, der für Ruhe und Ordnung im kaiserlichen Palast sorgte. (Georges)
Es fällt nicht einmal mir leicht, angesichts des römischen »Stillgebieters« in eine »laudatio temporis acti«, ein Vergangenheitslob, auszubrechen. Denn auch wenn man die Ruhe und das »otium« für ein Sakrament hält, kann man doch nicht billigen, daß den Dienern und Sklaven nicht nur der Mund, sondern auch das Räuspern verboten wird, während die Optimaten und die Hausherren nicht nur laut sprechen, sondern auch rülpsen dürfen. Es gehört sicher zu den Menschenrechten, daß jeder, unabhängig von seiner Herkunft, sei-

nem Alter oder Geschlecht, etwas sagen und auch ein wenig Lärm machen darf, wenn dieses Menschenrecht auch die kehrseitige Pflicht enthält, die akustische Integrität des Mitmenschen zu achten und nicht mit der Axt in seine Intimsphäre hineinzukrachen. Die Ruhe war den Römern heilig, heiliger als die Demokratie. Silentium religiosum! Stille, Ruhe und Frieden sind in gewisser Weise gleichbedeutende Wörter. Das Gegenteil dieser Wohltat heißt *Lärm*. Das Wort *»Lärm«* ist vom Wort *Alarm* genommen, dem Ruf zu den Waffen *(arma)* und zur Mobilmachung. *Lärm* kommt zwar vom französischen *Alarm*, ist aber im militaristischen Deutschen längst kein Fremdwort mehr. Der entsprechende Ruf zu den Waffen und zur Mobilmachung lautet im Mittelhochdeutschen *Wafen!* Wafen, herre, wafen!, wird gerufen, wenn ein Unrecht geschieht, etwa auch in Angelegenheiten der Minne. Das Wort *Waffenlärm* ist so gesehen eigentlich eine Tautologie. Es gibt im übrigen viele euphemistische Anstrengungen, das *Martialische* (von *Mars*, dem Kriegsgott) salonfähig zu machen, so wie auch mit schallgedämpften Gewehren lautlos und gewissermaßen einsilbig geschossen wird. Im Krieg aber schweigen bekanntlich die Musen, was die einzig unangenehme Stille bedeutet. Krieg und Kunst vertragen sich nicht, liegen im Kampf miteinander. Im Lärm des Kampfes aber, im Fortissimo der Stalinorgel hat nicht nur die Hirtenflöte keine Chance mehr.

Wenn Mars aufgeigt, kann sich die Schalmei kein Gehör verschaffen. Und es scheint aussichtslos, auf den menschlichen »Stillgebieter« zu hoffen, der eine Ruhe herstellt, die keine Friedhofsruhe ist. Die Sehnsucht nach dem Frieden hat eine metaphysische Tiefe. Gib uns den Frieden, den die Welt nicht geben kann … Der Mensch aber, heißt es, *kann* keine Ruhe geben, er muß sich regen. Und dieses Regen bringt nicht nur Segen, sondern auch Autobahnen, Flughäfen und Überschallflugzeuge. Es gibt nicht wenige, denen der Krawall immer noch lieber ist als ein »Krieg dem Lärm!«. Ich denke etwa, um konkret zu werden, an jene Bürgermeister im oberösterreichischen Mühlviertel, die sich große Sorgen um die sogenannte Mitternachtsrallye machen, die ihnen genommen werden könnte, weil man sich auch andernorts dafür interessiert. Welcher österreichische Bürgermeister wünscht sich nicht, daß schnelle Autos mit heulenden Motoren nachts über Feld- und Waldwege, über Stock und Stein seiner Gemeinde donnern und dem verschlafenen Wild Beine machen? Und wer hätte nicht für die Steirer Verständnis, die sich jährlich vor den Veranstaltern des sogenannten Grand Prix-Circus niederknien, um wieder den Zuschlag für ihren Zeltwegcirkel zu bekommen?

Wir würden, ernsthaft gesprochen, die Stille falsch, weil zu harmlos sehen, würden wir sie undialektisch positiv beurteilen. Es gibt aber, wie bereits die Alten wußten, den Schrecken der Stille, einen Schrecken, der einen urplötzlich überfällt, wenn man sich allein auf weiter Flur fernab der Zivilisation befindet. »Im altgriechischen Volksglauben lebte die Vorstellung vom bocksgestaltigen, in der Landschaft Arkadien heimischen Wald- und Hirtengott Pan, dessen plötzliche und unsichtbare Nähe als Ursache für jenen undeutbaren Schrecken angesehen wurde, der Menschen in freier Natur oft unvermittelt befällt und sie wie aufgescheuchte Tiere flüchten läßt« (Duden, Herkunftswörterbuch). Die Stunde der Ruhe ist oft auch eine Stunde der Wahrheit! Nur nicht zur Ruhe kommen! Und so werden die Diskotheken mit den Lichtorgeln immer lauter und greller, je düsterer die Zukunftsaussichten werden. Je ernster die Lage wird, um so oberflächlicher und »unterhaltsamer« wird die U-Musik. Nichts fürchten die Fremdenverkehrsorte mehr als das *Odium* des *otiums,* den schlechten Ruf der stillen (langweiligen) Sommerfrische. Die Animatoren, die professionellen Langeweilevertreiber, sind alles andere als *Silentiarii,* sie sind eher *Tumultuarii,* die etwas los machen, wo nichts los ist. Die Bewohner der Altersheime aber, die *Waldesruh* oder *Seelenfrieden* heißen, pilgern scharenweise zur belebten und beliebten Bundesstraße 1 hinaus und setzen sich auf eine Bank am Straßenrand, um ein wenig *am* wenn nicht *im* Verkehr zu sein und damit sozusagen mitten im Leben. *Piano* ist es im Heim,

sie wollen zur Abwechslung aber das *Crescendo* der Brummer hören. Piano, ja, ma non troppo. Wollen die Ruheständler, mit August von Platen gesprochen, wissen und sehen, »wovon sie ausruhen«? Karl Theodor Körner schreibt in der Tragödie »Zriny«: »Die Ruhe tötet, nur wer handelt lebt.« Wir fürchten alle nichts mehr als die Generalpause ... Zweiundzwanzig Jahre war Körner alt, als er starb, 1813. Zwei gekreuzte Säbel stehen im Lexikon vor seinem Sterbetag. Er starb also nicht bloß, er fiel. In seiner Dichtung ist viel jugendliches Getöse.
Eine der zeittypischen Erfindungen ist sicherlich der Verstärker, der dem von Natur aus Kleinen und Schmächtigen den trügerischen Anschein von Fülle und Größe verleiht, er macht aus dem Stimmchen ein voluminöses Organ. Der Verstärker macht, wörtlich genommen, viel Lärm um nichts, so wie der Lautsprecher auch aus dem bescheidenen Rhetor einen »Großsprecher« macht. Was der Rede an Tiefe und Inhalt fehlen mag, das wird durch Lautstärke ersetzt und *übertönt.* Mit vielen Phon beschallt und mit Jupiterlampen und Neonlicht schattenlos ausgeleuchtet wird heute der Mensch. *Hell, grell* und *knallig* ist vieles. Alle drei Wörter, *hell, grell* und *knallig,* stammen aus dem akustischen Raum, *hell* hängt mit *Hall* zusammen, *knallig* kommt vom *Knall* und hat ursprünglich nicht eine Signalfarbe, sondern einen *scharfen* Ton signalisiert, *grell* aber stammt von

einem heute verlorengegangenen mittelhochdeutschen *grellen,* das bedeutet »laut schreien, vor Zorn brüllen«. Alle diese Wörter sind sogenannte Synästhesien, die zeigen, wie der Mensch gleich an mehreren Schwachstellen belagert und bestürmt wird und man durch alle Öffnungen und Tore, ja Poren in ihn dringt.

Ein *Lob der Stille* aber muß einmünden in ein *Lob der Musik.* Letztlich ist die Musik das einzige, dem die Stille »geopfert« und »dargebracht« werden darf, die Musik ist ein »sacrificium silentiae«. Musik und Glocken ... Johan Huizinga beschreibt im »Herbst des Mittelalters« eindrucksvoll die akustische Situation der spätmittelalterlichen Stadt, gewissermaßen »die Stille der Welt vor Bach«, um ein Gedicht Lars Gustafssons zu zitieren: »Einen Laut gab es, der den Lärm des geschäftigen Lebens immer wieder übertönte, der, wenn auch noch so vielfältig, doch nie verwirrend klang und alles vorübergehend in eine Sphäre der Ordnung emporhob: die Glocken ... Wie gewaltig und berauschend muß es geklungen haben, wenn von allen Kirchen von Paris die Glocken vom Morgen bis zum Abend, ja selbst noch die ganze Nacht hindurch läuteten, weil ein Papst gewählt worden war, der dem Schisma ein Ende machen sollte, oder wegen eines Friedens zwischen Bourguignon und Armagnac.«

Ein *Silentiarius,* ein *Stillgebieter,* nein ein *Friedensstifter* und *Friedenbringer* verdiente auch hier und heute, daß man die Pummerin Tag und Nacht läutete ... Doch möchte ich nicht mit solchen Anspielungen und Anklängen schließen, sondern als Koda und Epilog meiner Etüde über das Silentium religiosum Lars Gustafssons Gedicht von der »Stille der Welt vor Bach« zitieren und rezitieren:

Es muß eine Welt gegeben haben vor
der Triosonate in D, eine Welt vor der A-moll
Partita,
aber was war das für eine Welt?
Ein Europa der großen leeren Räume ohne
Widerhall,
voll von unwissenden Instrumenten,
wo das »Musikalische Opfer« und das
»Wohltemperierte Klavier«
noch über keine Klaviatur gegangen waren.
Einsam gelegene Kirchen,
in denen nie die Sopranstimme der Matthäus-
passion
sich in hilfloser Liebe um die sanfteren
Bewegungen der Flöte gerankt hat,
weite sanfte Landschaften,
wo nichts zu hören ist als die Äxte alter
Holzfäller,
das muntere Bellen starker Hunde im Winter
und Schlittschuhe auf blankem Eis wie ferne
Glocken,
die Schwalben, die durch die Sommerluft
schwirren,

die Muschel, die das Kind lauschend ans Ohr
 drückt,
und nirgends Bach, nirgends Bach.
Die Schlittschuhstille der Welt vor Bach.

Urlaub

Jährlich läßt irgendein Redakteur einer Zeitung oder des Radios anfragen, welches Buch man diesmal in den Urlaub mitnehmen wolle und welches Buch man im Falle eines Falles »auf die Insel« mitnehmen würde. Meistens denke ich gar nicht lange nach, ich bleibe bei den liebgewordenen Angaben und der üblichen Angeberei und erfülle mit Homer, Vergil oder der Bibel die in mich gesetzten Erwartungen. Diesmal ist mir aber auf die unoriginelle Frage eine besonders originelle Antwort eingefallen: Das Deutsche Wörterbuch von Jacob und Wilhelm Grimm! So würde aus jedem Eiland eine Sprach-Insel, denn mit dem Grimmschen Wörterbuch und seinen 33 Bänden hätte ich zugleich den reichsten Zitatenschatz und einen großen Teil der deutschen Dichtung und Prosa bei mir, wenn auch auszugsweise. Gerade der Artikel *Urlaub* in Band 24 (S. 2466—78) böte Lesestoff für manchen Urlaubs- oder Ferientag, um über die Bedeutungsverengung von der allgemeinen »Erlaubnis« zum gewerkschaftlichen Terminus technicus nachzudenken. Ein Philologe, zu deutsch

»Liebhaber des Wortes«, aber ist nicht unbedingt auf die »Kursivität« angewiesen, er kann gern auf Handlung und Spannung verzichten und sich an Exzerpten freuen. Er kann auch der Zusammenhanglosigkeit einen Reiz abgewinnen. Er weiß, daß die Welt nicht so kontinent ist, wie es im Trivialroman aussieht.

Wie köstlich sind etwa auch die isolierten Sätze, die die sogenannten Sprachführer den Urlaubern in Italien, Spanien oder Griechenland anbieten, um sie für die Eventualitäten in Geschäften, auf Bahnhöfen oder in Hotels sprachlich zu wappnen. Wie einfühlsam tasten sich Guide und Cicerone an die Bedürfnisse des Leibes und der Seele des Fremden heran, um sie dann doch immer wieder haarscharf oder gründlich zu verfehlen. Was der Mensch eigentlich und letztlich brauchte, bekommt er ja doch nicht. Jutta Schutting hat in ihrem »Sprachführer«, in »Da lacht die Sonne, Ferienlektüre«, aus jener Merkwürdigkeit der Sprachbücher literarisches Kapital und Funken geschlagen, ein wenig nachgeholfen und ein Schulbeispiel von Schulliteratur geliefert: »Beim Friseur: Beeilen Sie sich, Sie sollen meine Haare färben. Bitte einen Schnurrbart (Backenbart). Wozu rasieren Sie meinen Nacken aus?« Und »Im Restaurant« heißt es: »Ich esse keinen Fisch (Gemüse, nichts Süßes, keine Teigwaren etc.). Ich esse nichts Gekochtes (Gebratenes, Gebackenes). Ich bin nämlich magen- (leber- gallen- nieren- darm-)

leidend. Kann mir die Spezialität des Hauses künstlich verabreicht werden?«
Künstlich verabreicht werden einem die Sätze auch im Wörterbuch. Das Wörterbuch verstößt sozusagen per definitionem gegen die »Textualität« und die »transphrastische« Eigenschaft der Sätze. Der Sprachführer aber denkt sich Situationen aus. Der Sprachführer verfährt also onomasiologisch, um es wissenschaftlich zu sagen, er bestückt die Sachgebiete mit den entsprechenden Wörtern, Sätzen und Phrasen, das Wörterbuch verfährt semasiologisch, geht vom vorfindlichen Wort aus und beschreibt seine Bedeutung.
Wenn man mich im Jahre 1989 wieder nach meiner Ferienlektüre fragt, dann werde ich bei der heuer erstmals praktizierten Art, keinen unterhaltsamen Bestseller zu nennen, sondern ein »diskursives« Buch, das die Welt gegen den Strich bürstet, bleiben. Ich werde Andreas Okopenkos »Lexikon-Roman einer sentimentalen Reise zum Exporteurtreffen in Druden« nennen. Im Jahr 1990 aber Ludwig Harigs Geniestreich gegen die Erschaffung der Welt im Lehrbuch: »Sprechstunden für die deutsch-französische Verständigung und die Mitglieder des Gemeinsamen Marktes, ein Familienroman«.

»Hier seh ich starke Ströme fließen, die Ströme deiner Lieblichkeit, die mir zur Labung sind bereit. Und was für Quellen sich ergießen aus jenem Meer der Ewigkeiten, die schießen alle niederwärts«, heißt es in den »Geistlichen Liedern« Gottfried Arnolds. Und so wie bei Arnold rauscht und braust das Wasser seit der Mystik des Altertums durch die religiöse Literatur des Christentums. *Abundantia* heißt der *Überfluß,* und das Wort ist von der *Welle* genommen. Es herrschen sozusagen Hochwasser und Überschwemmung: »Herr, du hast mich hier lassen sein bei dem Brausen deiner großen Wasserfälle, und alle deine Stürme und Wogen sind über mich gegangen.« (Johann Heinrich Reitz) Wir sind von der Liebe Gottes umgeben wie der Fisch vom Wasser, eingetaucht ins Gnadenmeer. Dann ist die Liebe Gottes wieder wie ein Feuer, das alle Wasser der Ozeane nicht löschen können. Des Menschen Leben auf dieser Welt *verrinnt* aber, wie die Zeit, die ihm geschenkt, »eingeschenkt« wurde.
Quelle, Brunnen, gießen, strömen, rinnen, fließen ... Was gäbe es, was sich besser zum Vergleich mit dem menschlichen Leben anböte, ja aufdrängte, als das Wasser. Panta rhei, alles fließt, ist ein *Grund*satz der abendländischen Philosophie (Thales von Milet). Die Gewässernamen, belehrt einen die Hydronymie, sind die ältesten Ort-

schaftsnamen überhaupt, zuerst hat man die Bäche, Flüsse und Ströme benannt, an denen man Rast gemacht, die Tiere getränkt, aus denen man selbst getrunken, die man befahren oder die man überquert hat. Und über dem Fluß die Brükke! *Euphrat* bedeutet eigentlich »leicht zu überqueren« ... Die Sprache ist ein Zwischenstromland. Die Bibel ist hygroskopisch.
Wasser der Taufe! Im Wort *Taufe* steckt das Wort *tief,* und *tief* ist das Geheimnis dieses Ursakraments, so *oberflächlich* und *seicht* auch die Alltagssprache mit dem Wort umgeht. Heute ist vieles ein wenig ermäßigt, die Schwelle ist gesenkt und manches temperiert, so wie das Taufwasser angewärmt und temperiert wird, um den Täufling nicht zu schrecken! Wir widersagen nicht mehr dem Teufel, sondern dem Teufelsglauben und sehen und erleben doch das Zerstörungswerk des Bösen wie kaum jemals. Die See geht hoch und schüttelt und rüttelt die Kirche, die man oft mit einem Schiff verglichen hat. Die See tobt. Das Meer brodelt und kocht. Wir aber kochen nur mit Wasser.

Wein

Heutzutage gibt es jederzeit alles überall, jedenfalls in jenen Ländern, den wenigen, wo Überfluß herrscht wie bei uns. Der tiefste Winter hindert uns nicht daran, importierten grünen Salat zu essen, von den Kartoffeln ganz zu schweigen. Wir können alles haben — nur nicht mehr jenen Geschmack auf Gaumen und Zunge, den einem seinerzeit im Frühling der erste frische Erdapfel *geschenkt* hat. Nur im Kontrast zum Mangel oder zum Minderen bewahrt das Gute seine Güte. Fasten, das heißt freiwillig hungern, sollte man: als Übung für schlechtere Zeiten, aus Mitgefühl mit den Hungernden und um Himmels und Gottes willen.

Wein war im Mittelalter das Herrengetränk. Dort, wo er gedieh, tranken ihn die Menschen, Wein war der Haustrunk der Weinbauern und ihrer Herren. In unseren Breiten herrschte der Most, der vergorene Apfelwein, wenn auch viele Ortschaften »Weinberg« und »Weingarten« im heute weinlosen Land darauf verweisen, daß der Wein früher verbreiteter gewesen sein muß. Die Menschen und der Wein waren anspruchsloser. Ich wohne selbst in einer Ortschaft Weinberg, mitten im Hausruckviertel, und das heißt auch mitten im Land des Mostobstes. So habe ich auch das Weintrinken nie erlernt, habe mich vielmehr dem bayrischen Weizenbier zugewandt. Als einer, der den Wein nur vom Hörensagen kennt, wende ich mich an einen Fachmann, den deutschen Theologen Josef Pieper, der seinerseits Thomas von Aquin zitiert, der die Bibel zitiert …

Josef Pieper erörtert zum Stichwort »Wein« im

»ABC der Lebensfreuden« die Frage, ob der Wein eine bloße *Ursache* oder ein (tiefer verstandener) *Grund* zur Freude sei. Macht er also den Menschen überhaupt froh, oder vielleicht nur den bereits frohen noch fröhlicher? Braucht man zum Weintrinken einen freudigen Anlaß, oder ist das Weintrinken selbst ein freudiger Anlaß? »Da soll mir ja nur keiner kommen und sagen, Wein sei Alkohol«, zitiert Pieper das »zornige Wort eines Arzt-Freundes«. Wein als Medizin. Wer aber kennt nicht auch die Leiden des Übergenusses, den Kater nämlich, der einen nur noch tiefer hineintunkt, den Depressiven noch zusätzlich deprimiert? Josef Pieper denkt über die Gedanken des heiligen Thomas von Aquin nach, der im Zusammenhang einer *völligen* Wein-Abstinenz sogar von einer »Schuld« gesprochen hat. Wer fastend verdürstete, brächte ein »Opfer an geraubtem Gut«. Das sei eine Predigt, die heute sicher nicht dringlich ist, sie hat in strengen Klöstern ihren Stellenwert gehabt. Pieper: »Aber natürlich spricht Thomas, wenn vom Wein die Rede ist, nicht nur von der möglichen Schuld; er spricht vor allem von der Freude. Warum, so fragt er zum Beispiel, ist der Wein, und zwar der unverfälschte vom Rebstock, die dem Altarsakrament gemäße, ihm zukommende ›Materie‹? Nun, an erster Stelle natürlich deswegen, weil Christus es so bestimmt hat. Aber dann nennt Thomas noch einen besonderen Grund: ›Weil der Wein von der Rebe am ehesten der Frucht dieses Sakraments entspricht, welche die Freude des Geistes ist — wie es geschrieben steht: Der Wein erfreut des Menschen Herz.‹«

Wörther See

Der Wörther See ist kein »Wörtersee«, aus dem die Dichter Kärntens fischen könnten, obwohl diese Anspielung in nicht nur einem Text vorkommt. In Wahrheit steckt in *Wörth* das alte *werde,* das der Kärntner Matthias Lexer im »Mittelhochdeutschen Handwörterbuch« mit »insula« ins Deutsche überträgt ... *Werde* oder *werd* heißt aber auch »Ufer« und »Strand«, ist also auch ein nahschichtiger semantischer Verwandter zu *Lend* (Lendkanal). Mit *Lend* oder *Werd* wird jene Stelle bezeichnet, wo der See »landet«, hier *taucht* das Land *unter,* hier »strandet« das Wasser. Die auffälligste Insel des Wörther Sees ist natürlich die (Halb)Insel von Maria Wörth, die schließlich den ganzen See bezeichnete. Um die Jahrhundertwende wollte man übrigens einmal aus der Halbinsel eine Insel machen und die Landzunge vom Land trennen. Dazu ist es aber nicht gekommen, zum Glück für jenes Treffen, das die GTI-Fahrer seit einigen Jahren jährlich in Maria Wörth veranstalten. Ich kann mir keinen unpassenderen Ort für ein Autofahrertreffen vorstellen als den Wallfahrtsort am See, wie es auch meine Vorstellungs-

kraft völlig übersteigt, daß sich Menschen allein durch den Umstand, daß sie dieselbe Automarke fahren, so innig verbunden fühlen können. Den Vierbergelauf wollten Fremdenverkehrspolitiker vor Jahren einmal zu einer Fitnessveranstaltung pervertieren, mit der Umwidmung des Wallfahrtsortes Maria Wörth in eine Anlaufstelle für Autonarren ist ihnen aber eine solche zweifelhafte Modernisierung gelungen. Und so muß der fromme Pilger, der zur Zeit des Konvents der Autofahrer zur Kirche hinauf will, eine Blechlawine kreuzen. Und abends gibt es statt der Vesper Kavalierstarts, Bremsmanöver und Beschleunigungstests — viel Gedanken-, Geschmack- und Gottlosigkeit! Ein so brutaler Fremdenverkehr müßte einer so lieblichen und meditativen Ortschaft eigentlich fremd sein, auch in der »toten Saison«.
Die Andacht hat es heute auch in der Kirche schwer. Einmal besuchte ich mit meinen Schwestern den Gnadenort. Wir hatten uns kaum gesetzt, als ein bademäßig leicht geschürztes Mädchen in die Kirche trat und sich mit einer Tüte Eis, von der es mit weit herausgestreckter Zunge schleckte, ein wenig umsah. Es machte ganz den Eindruck, als ob es sich in der Nähe (etwa hinten im Karner?) um-, das heißt vor allem ausgezogen hätte, und nun auf dem Weg zum Wasser en passant noch etwas für die Kultur tun wollte.
Vor Jahren fuhr ich einmal mit Dr. Anton Feinig, Professor am Slowenischen Gymnasium und einst

Dissertant bei Eberhard Kranzmayer wie ich, von einer Tagung in Millstatt nach Klagenfurt, und er erklärte mir als Fachmann die Ortsnamen der Wörther-See-Gemeinden, die deutschen und die slowenischen, wie sie nebeneinander und zum Teil — unerkannt — ineinander existieren und so eine Koexistenz demonstrieren, die heute manchen Kärntnern im Alltag so schwerfällt. Kranzmayer selbst hat trotz oder wegen seiner persönlichen Geschichte zu einer relativ unverkrampften Haltung gefunden, sodaß sein »Ortsnamenbuch von Kärnten« nicht nur gelehrt, sondern stellenweise auch weise wirkt. Wenn ihm auch andere Germanisten, und Slawisten, in manchem widersprochen haben mögen. Dort erwähnt er übrigens unter dem Stichwort *Wörther See*, daß die Anwohner den See meist nicht nach der eigenen, sondern nach einer der Nachbargemeinden benannten, und so den anderen höflich den Vortritt ließen: »Es sei als Merkmal der bäuerlichen Bescheidenheit angeführt, daß der See von den Ortseinwohnern nicht nach ihrem eigenen Ort benannt wird und zum Beispiel die Veldener vom *Pörtschacher See*, die Klagenfurter und die Pörtschacher nur vom *Wörther*, die Maria Wörther nur vom *Klagenfurtner* oder *Veldner See* reden. Das ist eine Bescheidenheit, die den reklamebedürftigen Städtern der Gegenwart abhanden gekommen ist.« Ja, Bescheidenheit, Demut, Ehrfurcht ... Die Erklärung überzeugt mich zwar nicht ganz, berührt, um nicht zu sagen *rührt,* mich aber. Sachlich möchte ich einwenden, daß die Bauern Seegrund immer als unwirtschaftlich verachtet haben. Für eine solche Gegend wollte niemand seinen guten Namen hergeben ... Für das Geld, das ich für mein kleines Grundstück an der Eberhard-Kranzmayer-Straße am Klagenfurter Stadtrand zahlen mußte, hätte ich mir im 19. Jahrhundert allen Ufergrund von Reifnitz (Ribnica) bis Maria Wörth kaufen können. Erst uns ist der *Werd* lieb und wert geworden — und teuer!

Wortspiele

Wortspiel nennt man »die geistvolle Ausnutzung sprachlicher Möglichkeiten zu witzigen Effekten«, heißt es in Gero von Wilperts »Sachwörterbuch der Literatur«. Und von Wilpert, der gründliche Systematiker, unterscheidet zwei Arten von Wortspielen, die »Amphibolie« (nach *amphibolia,* »Zweifel«) und die Paranomasie. Bei der Amphibolie geht es um die Doppel- und Mehrdeutigkeit eines Wortes oder Satzes: der *beschränkte* Leserkreis. Die Bestsellerautoren von Trivialromanen haben einen *großen,* aber *beschränkten* Leserkreis. Bei der Paranomasie handelt es sich um »ein Wortspiel durch Zusammenstellung gleichlautender oder ähnlicher Wörter von verschiedener oder entgegengesetzter Bedeutung, teils gleichen Stam-

mes«: der *betrogene Betrüger.* Die Amphibolie operiert mit Sinn und Bedeutung, die Paranomasie mit Klang (Anklang) und Reim.
Nachdem es in der Literatur um die Sprachspieler, etwa in ihrer extremsten Form der sogenannten konkreten Poeten, recht still geworden ist (Das Spiel ist aus! ...) tummeln sich heute in der Werbung viele Sprachspieler. Schon Eugen Gomringer hat seinerzeit bei Rosenthal propagandistisch ausgeholfen. Auf Litfaßsäulen und Plakatwänden wird gewitzelt, geulkt, gekalauert, amphibolisiert und paranomasiert, was das Sprachzeug hält. Sucht einer Beispiele für rhetorisch-poetische Figuren, aktuelle nämlich, dann braucht er nicht mehr in den Gero von Wilpert oder gar Heinrich Lausberg (»Handbuch der literarischen Rhetorik«) hineinzusehen, er braucht auch nicht mehr bei Shakespeare, Abraham a Sancta Clara oder Jean Paul nachzuschlagen, von den Klangspielern Wolfram von Eschenbach und Gottfried von Straßburg ganz zu schweigen, er braucht vielmehr nur die Anschlagwände vor Baustellen entlang zu gehen. Kilometerweit nichts als Sprachspiele! Nackte Frauen im Bild und Wortspiele im Text ... Der erotischen Nacktheit im Optischen entspricht haar- und hautgenau das Sprachspiel im Text. Die Sprache wird entkleidet, die Wörter werden beim Wort und ihrem Geschlecht genommen. Anzüglichkeiten, wohin man blickt und liest.
Im Falle eines Falles hilft ein Polyptoton, eine Fi-

gur, die mit den verschiedenen Fällen eines Wortes spielt. *Bitte ein Bit,* bitte eine Paranomasie. Die Übertreibung macht in der Werbung immer gute Figur. Der Wortwitz (Schmäh) läuft und läuft und läuft. *Opel der Zuverlässige, Significatio* die Beliebte! Manner und Stabreime mag man eben. Zitronenfrische Metaphern, männlich-herbe Übertragungen an allen Tagen ihrer Tage. Metonymien, weil sie Spaß machen und schmecken, nach dem Duft der weiten Welt.
Ich hatte nie mit der Werbung (außer als »beworbener« Rezipient) zu tun, kann mir aber als Philologe deren Methoden vorstellen. Ich bin jedoch nicht so naiv zu glauben, daß die Werbefritzen (um ein Wortspiel und ein Schlagwort der Negativwerbung zu benützen), sich hinsetzen und anhand des Lausberg überlegen, ob sie dieses Auto, jenen Büstenhalter oder jene Seife nun mit einer *Gradatio* (Gut Besser Gradatio) oder einem *Polysyndeton summativum,* »das die Glieder addiert und der Addition am Ende den Kollektivbegriff hinzufügt«, bewerben sollen. Und sicher verwenden sie nicht den Ausdruck *aptum,* mit dem die alten Rhetoren und Rhetoriker die Angemessenheit bezeichneten. Sie reden in ihrer Sprache wahrscheinlich von Effektivität, Zielgruppen, Akzeptanz und Sympathie. Denn sie wissen nicht, daß sie mit beiden Beinen, dem Standbein und dem Spielbein, in der antiken Tradition stehen und wie die alten Lateiner ständig jene Fragen fragen, die

die Klassiker in dem bekannten Merkspruch zusammenfaßten: Quis, quid, ubi, quibus auxiliis, cur quomodo quando? Wer soll welches Produkt mit welchen Mitteln und welchem finanziellen Aufwand zu welchem Zeitpunkt und wie lange auf welchen Werbeträgern in welcher Form lancieren? Und kam die Kampagne »durch«, hatte die Offensive Erfolg, war sie also ein Hit und kein Flop, so hätte der vom Modezaren beauftragte Manager der Agentur allen Grund, mit Caesar auszurufen: Veni vidi vici.

Zeit

Zum Schluß ein Wort über das Wörtchen *Ende*. Am Anfang hat *Ende* »das vor einem liegende Stück« ausgedrückt. In der Bedeutung »Stück« kennen wir es ja im Deutschen heute noch. *Ein schönes Ende* kann im Sinne eines Wortspiels entweder einen »guten Tod« oder aber ein »ordentliches Stück« (zum Beispiel des Kuchens) bedeuten. Der Mensch aber ist, wenn er »ein vor ihm liegendes Stück« (Land oder Leben) sieht, so sehr auf den Rand und die Grenze fixiert, daß sich die Bedeutung von *Ende* bald ganz auf »Schlußpunkt« verengt hat. Der Tod ist unsere Obsession. Wir sind »Finalisten«. Als gäbe es kein Leben vor dem Tod und danach nicht die unendlich geräumige Ewigkeit. »Der Tod ist das Tor zum Leben«, stand über dem Eingang zum Friedhof, dem »Gottesakker« von Pichl bei Wels, der ein wenig wie eine Triumphpforte gestaltet war. Das Spruchband ist inzwischen einer Renovierung zum Opfer gefallen ... In Wahrheit spricht der Mensch, der das deiktische »Zeigewort« *Diesseits* gebraucht, implizit immer auch schon vom Jenseits. In *herüben* steckt *über* und ein Hinweis auf *drüben*. Das Wort *hier* evoziert, das heißt ruft sein Antonym (Gegenwort) *dort* auf. Der Unglaube ist unsymmetrisch, der Gläubige ist im Lot.

Doch möchte ich zu guter Letzt nicht noch tief- und hintersinnig werden, sondern bloß von einer Freude erzählen, die mir zum Abschluß meiner Hausbauzeit (einer Leidenszeit!) widerfahren ist. Diese Freude kurz vor der Dachgleiche und dem Aufpflanzen des Firstbäumchens bestand im Wiederfinden eines verloren geglaubten Wortes. Zu meinem Erstaunen hörte ich die Dachdecker jene besonders gestalteten Dachziegel (»Steine«) für den Abschluß am Giebelrand *Ortgangsteine* nennen. Die Professionisten gebrauchten also — sicher nicht dem Professor zuliebe — das Wort *Ort* in seiner archaischen Bedeutung »Ende, Abschluß«. *Eochd* lautete es in der alten oberösterreichischen Bauernmundart, stellenweise auch mit gestürztem Diphthong *oechd. Das* Ort, heißt es in der Mundart, nicht *der. Ins Ort kommen* besagt »ans Ende kommen«, etwa beim *Ackern. Im Ort draußen* waren die sogenannten *Gern* (von *ger*

»Speer«), die kürzer werdenden, spitz auslaufenden Furchen. Im Älteren Hildebrandslied aber sagt der freche Sohn Hadubrand zu seinem Vater Hildebrand, den er nicht erkennt oder erkennen will, als dieser ihm zur Besänftigung Geschenke anträgt: *mit geru scal man geba infahan, ort widar orte.* (»Mit dem Speer soll der Mann Gaben in Empfang nehmen, Speerspitze gegen Speerspitze«). Ort wider orte ... *Ort* bedeutete also einerseits »Ende«, andererseits »Stelle«, *Ende* bedeutete einerseits »Raum« und andererseits »Ende«, *Ortsende* aber ist heute, anders als *schlußendlich,* deshalb kein Pleonasmus, weil sich *Ort* auf »Ortschaft« hin spezialisiert, sozusagen »lokalisiert« hat, während sich *Ende* auf »finis, exitus« hin »finalisierte«. Sind *Beet* und *Bett, wieder* und *wider, das* und *daß,* alle aus jeweils derselben etymologischen Wurzel, das Ergebnis einer sogenannten »Homonymenflucht«, so *Ort* und *Ende* das Fazit einer »Synonymenflucht« ...

Ins Ort oder *ans Ende* bin ich nun auch mit meinen Wortandachten gelangt. 40mal habe ich mich in den vergangenen zwei Jahren dem Verbalisieren hingegeben. Und wenn ich mir auch anfangs vorgenommen hatte, ganz bei den elementaren Urworten zu bleiben (Wasser, Erde, Luft und Feuer, Frühling, Sommer, Herbst und Winter etc.), so konnte ich *schließlich* doch auch einigen Reiz- und Zeitgeistwörtern nicht widerstehen, allmählich kam ich auch von den einfachen zu den zusammengesetzten Wörtern, von den Erbwörtern zu den Fremdwörtern. Es fällt mir gar nicht leicht aufzuhören. Denn alle Lust will Ewigkeit. Manch junger Mensch hat auch schon Altersklauseln *definiert,* die er später verfluchte oder ignorierte. Auch ich habe oft Verspätungs- und Versäumnisvorwürfe erhoben: Der uralte Dirigent läßt sich das Heft nicht aus der Hand nehmen, der greise Bestsellerautor (der alte Sünder) kann die Tinte nicht mehr halten, laboriert also an seinen Trivialromanen, am üblichen literarischen Altmännerleiden, die Politiker gehen nicht, solange sie noch gehen können, die Präsidenten nehmen ihren Namen wörtlich, bleiben sitzen und kleben am Sessel, die Kirchenmänner finden das Amen nicht, die Maler malen so lange, bis es der Kunstkritik zu bunt wird und ihr Ruhm verblaßt, Sauerbrüche operieren sich um ihr Renommee und die Patienten zu Tode, müde und satt gewordene Sportler verschlafen das Finish, Tenöre singen nicht nur zu hoch, sondern auch zu lange, und so weiter. So also dachte ich in jugendlichem Übermut. Nun aber, 50 geworden, sieht für mich manches ein wenig anders aus. Mich interessieren heute in der Zeitung weniger die wenigen Berichte über Verkehrsveteranen, die den Führerschein zu spät zurückgeben und zu lange am Steuer bleiben, als vielmehr die vielen Reportagen über Discounfälle, die unbeherrschte Jugend, die leichtsinnigen Teenager, die den Führerschein zu früh bekom-

men. Und auch in der Politik erlebe ich manchen Grünschnabel, der es zu früh zu einem Amt, aber noch nicht zu Würde gebracht hat.
Ein Autor von Kurzprosa aber muß wissen, wann es Zeit ist. Kurzprosa ist ja geradezu die Kunst der Aposiopese, des stilvollen Verstummens. Der Autor braucht den Mut zur Lücke. Sein Text sei *endlich.* Kurzprosa darf am Schluß nicht wie zersiedeltes Land aussehen. Wer heute durch Österreich fährt, muß leider zur Kenntnis nehmen, daß ohne Punkt und Komma gebaut wird. Wenn sie nur aufhören könnten, die nicht enden wollenden Straßendörfer! Als Häuselbauer, der selbst zur Verlängerung (Verschönerung?) Klagenfurts im Westend beigetragen hat, fehlt mir vielleicht ein wenig das Recht, mich über das Ausufern der Ortschaften kritisch auszulassen und zu verbreiten. Dafür ist hier auch nicht der Ort. Es will geschwiegen sein. Hier ist das Ort.